甘美な毒に繋がれて

犬飼のの

講談社X文庫

目次

イラストレーション／小山田あみ

甘美な毒に繫《つな》がれて

《一》

東急田園都市線《とうきゅうでんえんとし》、二子玉川駅《ふたこたまがわ》からバスで十五分、そこからさらに徒歩八分――築三十数年のマンションの一室で、住之江《すみのえ》遥《はるか》はいつものように目を覚ます。

身の丈に合わない勤め先に向かう前に、狭いバスルームでシャワーを浴びた。

何しろ清潔感が最重視される仕事場なので、爪《つめ》の先まで気を抜けないが……誰が見ても美形である遥にとって、清潔感を出すのは簡単なことだった。

髪は艶《つや》やか、色は天然の栗《くり》色。目の色も同じで、明るく美しい。

肌は乳白色で柔らかく、ふっくらとした唇の向こうには、整った歯列が輝いている。

儚《はかな》げでありながらも際立つ華があり、道行く人が振り返るほどの美貌《びぼう》の持ち主だが――当の本人は己の容姿を好んではいなかった。

女性的、或《あ》るいは中性的という見方でしか価値がないことをわかっており、日本人男性の平均より五センチほど低い身長も、薄い肩や細い首も気に入らない。骨格そのものが脆《もろ》い印象で、思いきり転んだらぽきりと折れてしまいそうな体格が嫌だった。

何より残念なのは、人目を惹《ひ》く容姿に中身が伴っていないことだ。

仕事はカルチャースクールの料理講師兼アシスタントで、性格は地味そのもの。ファッションにはそれなりに気を遣《つか》っているものの、手頃な服で体裁を整え、着るものよりも口にするものに金をかける主義だ。服装は社会人としてＴＰＯを弁《わきま》えていれば十分だが、食べるものは今と未来の自分を作り上げる命の糧《かて》だと考えている。

恋愛面は淡泊なほうで、恋をしていると実感したのはだいぶ昔のことだった。

熱心にいい寄ってきた相手から、浮気をされること連続八回――最早《もはや》誰も信用できず、恋人が欲しいという願望すら湧《わ》いてこない。

勝手に作り上げられたイメージと違うと落胆され、最初のうちはキラキラと輝いていた好意的な表情が曇っていくのを見るのはつらいものだ。

いくつもの冷めた顔が瞼《まぶた》に焼きつき、自身への失望となって胸に積み重なっている。

もしも今日、誰かに出会って輝く瞳を向けられたとしても、それはいずれ曇るものだ。

今回こそは、この人こそは……と信じれば信じるほど傷が深くなることを知った遥は、最初から期待しないようにしていた。

《一》

二子玉川《ふたこたまがわ》駅からバスと徒歩でだいぶ離れたマンションに住んでいる遥《はるか》は、生活レベルも収入も完全な庶民だったが、この駅の名には洗練されたイメージが強かった。沿線内一といっても過言ではないほど注目度が高く、マスコミに取り上げられることも多い。

駅からほどよく離れた高級住宅地には富裕層や芸能人の邸宅が多くあり、駅から繋《つな》がるデパートのヴァレーパーキングエリアには、ピカピカに磨かれた数千万円の高級外車がずらりと並んでいたりする。

いわゆるデパ地下で買いものをしていると、数回に一回の割合で有名人を見かけた。映画館には、専用ラウンジを備えた一シート六千円の豪華なシートがあったり、数々の有名飲食店はもちろん、エステサロンや高級ペットショップ、娯楽施設があったりと、余った金の使い道を考える余裕がある人間には楽しい街だ。

その中でも此処《ここ》――徳澤倶楽部《とくざわくらぶ》は、一見すると西洋の宮殿や迎賓館《げいひんかん》を彷彿《ほうふつ》とさせる意《い》匠《しょう》の外観で、道行く人から『徳澤御殿《ごてん》』と称されている。知る人ぞ知る会員制の超高級倶楽部だが、その実態は至って真面目《まじめ》なカルチャースクールだ。

「皆、お疲れ様。スミ先生、今ちょっといいかな？」

なかなか慣れないとんでもない勤務先のスタッフルームにいた遥は、夕方になって突然現れたオーナーに名指しで呼ばれる。

扉が開くなりいきなりだったので、他のスタッフも一様に驚いていた。

遥に手招きしているオーナーの徳澤英二《えいじ》は、一昔前まで料理研究家として連日テレビに出ていた人物だ。

今でも週に一本レギュラー番組を持っており、そのうえ写真集まで出しているほど顔が売れているので、料理研究家というよりは芸能人といったほうがしっくりくる。

見た目も華やかで、バランスのよい長躯《ちょうく》や、日本人離れした長い手足、よく絞られた筋肉質な体の持ち主だった。一般人と比べると派手で男の色気を振り撒《ま》いてはいるが、決して下品ではなく、料理研究家らしい清潔感を漂わせている。

「オーナー、お疲れ様です。今日は抜き打ち検査ですか？」

ある共通点から英二と懇意にしている遥は、容姿を地味に見せるための小道具——伊達《だて》眼鏡《めがね》を外して彼の前に立つ。

素顔を晒《さら》してもいまさらどうこうなる心配がないうえに、遥にとって彼は、なんとなく共犯者めいた存在だった。

入社前の面接で顔を合わせた瞬間、テレビではわからなかったことがわかってしまい、それ以来二人の間に秘密ができたからだ。

英二も遥も異性に恋愛感情を持てない性質《たち》で、同性を性愛の対象としている。同類だと互いに察し合ったため、暗黙の了解で他言無用の約束を交わした。

就職してから数ヵ月間は何もなく、その後、自然食品の店で偶然会って食事に誘われ、食の好みが合うことから時々一緒に食べ歩きをする仲になった。

出会った時点でそれぞれに恋人がいたことや、年齢が一回りも離れていること、何より英二の好みは心身ともにストイックかつパワフルなアスリートタイプということもあり、妙な雰囲気になったことは一度もない。

「抜き打ち検査ってわけじゃないけど、ちょっとサプライズな感じで」

春物の上質なカジュアル服を着こなす英二は、笑いながらまたしても手招きする。

「フロントに来て」と誘う声は明るく、やけに嬉《うれ》しそうだった。

一週間のうちに、経営する複数のレストランやカルチャースクールをすべて回るフットワークの軽い経営者だけあって、軽快な足取りで廊下を歩く。

「今日は随分《ずいぶん》と御機嫌《ごきげん》ですね」

「いいことがあったんだよ。今夜から始まるスミ先生の初心者コースに、甥《おい》っ子を入れることになったんだ。兄の息子で、まだ中学生なんだけどね」

「……え？　中学生をこの倶楽部に通わせるんですか？」

思いがけない言葉に驚きつつも、遥は倶楽部の規約を思い返す。

入会資格のところに、『身長百四十センチ以上』『小学校を卒業していること』と記載されていたはずだ。

さらに、『会員またはスタッフの紹介が必要』『要面接』といった特別規約もあるが、オーナーの甥なのだから、当然それらも問題ない。

しかし徳澤グループに入社してから三年、遥は一度として子供の会員を見かけたことがなかった。オーナーがイケメン料理研究家として持《も》て囃《はや》されていることもあり、グループ内のどのスクールでも会員の大半は二十代から五十代の女性だ。

特別規約があるのは徳澤倶楽部だけなので、他のスクールには女性誌やネットの広告を見て入会した会員も大勢いるが、それでも子供は見たことがない。そもそも男性の会員は非常に少なく、男性に限っていえば大学生すら記憶になかった。

「うちの規約では中学生から入校可能だし、特別待遇でもなんでもないよ」

「それは確かにそうですけど、実際には一番若い方でも高三くらいの女性しか見たことがないので……びっくりです」

「何しろ受講料が高いから、子供を通わせる親はそうそういないよな。どの校舎でも料理教室の一面はガラス張りにして廊下から見られるようにしてあるし、ある意味子供向けな部分もあるんだけど。あ、僕の身内だからって特別扱いは要《い》らないよ。正真正銘《しょうしんしょうめい》の初心者なんで、他の会員より経験が浅いってことは意識しておいてほしいけど」

「はい。僕自身、徳澤倶楽部に異動してきたばかりなので心配はありますが、精いっぱい頑張《がんば》ります」

「ジュールが骨折なんかするもんだから……急に異動させて悪かったね。アイツ、これで三度目の骨折だよ。ほんとスキーやめられないみたいで」

ジュールという名にぴくんっと反応した遥は、廊下を歩きながら、休職中の先輩講師の顔を思いだす。

この徳澤倶楽部の人気ナンバー2講師の呼び声高い日之宮《ひのみや》ジュールは、徳澤カルチャースクール自由《じゆう》が丘《おか》校に勤務していた遥に会いにきては執拗《しつよう》に迫っていたのだが……食事の誘いすら応じる気になれないタイプだった。

オーナーの教え子で、彼ほどではないものの、それなりに名の知れた料理研究家でありながら、マリンスポーツやスキーが大好きで、休暇を取っては海外に飛んでいく。

そのため肌がいつも真っ黒に焼けているのは本人の自由としても、この三年間で三度も骨折しているのだ。怪我《けが》そのものは気の毒だが、あまりにプロ意識がなさ過ぎるうえに、そのたびに周囲に迷惑をかけているのがいただけない。

おかげで遥が徳澤倶楽部に異動になり、場違いな迎賓館風校舎や浮世離れしたお嬢様、お高くとまった一部の奥様に戸惑《とまど》う日々を送っていた。

——就職して三年……ただでさえこの仕事を続けることに迷い始めてたのに、異世界に放り込まれた挙げ句に男子中学生を教えるとか……。

美味《おい》しい料理を振る舞うのが好きで、少々口下手なところがある自分には、料理を人に教えるよりも提供する側のほうがよかったのでは——と、就職三年目にありがちな悩みに突き当たっていた遥は、新たな困難を前に緊張する。

悩んでいるとはいえ、人に教える仕事は遣り甲斐《やりがい》があり、自身の勉強にもなる。地道に頑張った末にようやく、講師として担当コースを持たせてもらうことができた。

ひとまずスキルアップに励みたいと考えているため、子供に教えられる機会を得られて光栄に思ってはいるのだが、しかし英二の甥となると複雑だ。裕福な良家のお坊ちゃまに違いなく、自分とはギャップがありそうで上手《うま》く指導できるか不安が募る。

「料理の道に目覚めて勘当《かんどう》されてる僕みたいなのがいるからね、甥が料理教室に通いたいなんていったら兄夫婦が猛反対すると思ってたんだ。甥から事前に相談を受けてたけど、たぶん無理だろうなって諦《あきら》めてたんだよ。ところが意外と平気だったみたいで、あっさりOKが出たらしい。時代的な風潮と、何より本人の動機が動機だからかな?」

「――どんな動機なんですか?」

遥の問いに英二はくすっと笑うばかりで答えず、廊下から玄関ホールに出る。

英二は田園調布《でんえんちょうふ》の大きな個人病院の次男坊として生まれ、先祖を辿《たど》ると大臣や華族までいるような由緒正しい名家の息子だが、親に逆らって医学部を中退し、料理の道に進んで勘当されたという話は有名だった。

その後、超イケメンインテリ料理研究家として絶大な人気を博し、健康食のレシピ本を世界的に大ヒットさせて莫大《ばくだい》な印税収入を得たことをきっかけに、レストランやカフェ、料理教室をメインとしたカルチャースクールの経営に乗りだし、さらなる成功を収めた。名家の息子として元々豊かだった人脈もより豊かになり、各界のセレブの要望を受けてオープンさせたのが、この徳澤倶楽部だ。

――料理に興味を持つのがNGな家でも許される動機って、なんなんだろう?

遥は疑問符を浮かべつつ伊達眼鏡をかけ、英二と共に玄関ホールを進む。

中央に大階段を擁するホールは、クリスタルのシャンデリアに照らされていた。緋絨毯《ひじゅうたん》を敷き詰めた階段から、ドレス姿の貴婦人が今にも下りてきそうな雰囲気だ。

ホールにあるフロントのカウンターは薄桃色《うすもも》を帯びた大理石で出来ており、紺の制服を着た二人の女性が立ち上がって一礼した。

広がる空間は待合室の役割もあり、ソファーセットが置かれている。

そのうちの一つに、英二の甥と思われる制服姿の男子中学生が座っていた。

叔父《おじ》の英二が戻ってきたことに気づかず、俯《うつむ》き加減で携帯電話を弄《いじ》っている。

投げだされた脚《あし》がすらりと長く、足が大きい印象だが、中学生らしい小柄な少年だ。

「あの子だよ。中三になったばかりだけど、四月生まれなんでもう十五。名前はルキっていうんだ。ちょっとキラキラネームっぽいだろ?」

「ルキくん、ですか?」

「そう、徳澤ルキ。王者になる意の琉《りゅう》……琉球《りゅうきゅう》の琉に貴族の貴って書いて琉貴《るき》。そのまま読めるからキラキラネームとはいわないのかな?」

「どうなんでしょう?　でも凄《すご》く綺麗《きれい》なお名前ですね」

「病院の跡取り息子として期待されてる感じが名前に出てて、僕ならプレッシャー感じちゃうけどね」

小声でいった英二は、受付嬢の挨拶《あいさつ》を受けてから少年に声をかける。

「琉貴」と呼ばれて顔を上げた少年は、返事をせずに立ち上がった。

その流れで、画面の大きな最新の携帯電話を学生鞄《かばん》のポケットに突っ込む。

少年——徳澤琉貴の顔を見た瞬間、遥の頭に浮かんだのは、『美少年』という、普段は使い慣れない単語だった。

あまりじろじろ見てはいけないと思いつつも、視線を摑《つか》まれて目を逸《そ》らせなくなる。

琉貴は細身で小柄の遥よりもさらに小さいが、肌は小麦色に焼けていて、髪は黒く眉《まゆ》は凜々《りり》しく、何より目力が強かった。非常に整った彫りの深い顔は美少年と呼ぶに相応《ふさわ》しいものだが、遥とは違って中性的な雰囲気は持ち合わせていない。

未成熟ながらあくまでも少年として——いずれは成体の『男』になるための美しき蛹《さなぎ》である彼は、少年期の遥の憧《あこが》れを体現していた。

——凄い、男の子らしいのに……メチャクチャ綺麗な子。

目の前に立つ徳澤琉貴を通して、遥は少年時代の願望を思い返す。

両親の背が低いため早い段階で長身を諦めていた遥は、せめてもっと顔立ちや雰囲気が男らしければいいのに……と、いつも思っていたのだ。

日焼けをしようとしても赤くなって痛くなるばかりだったり、男らしく髪を短く切って立てる予定が、天使の巻き毛のようにくるくるになってしまったり……大人になった今は笑えるが、その時の自分には深刻だったエピソードを次々と思いだす。

「琉貴、今日からお世話になる住之江《すみのえ》遥先生だ。自由が丘校から異動してきたばかりで、スミ先生って呼ばれてる。説明が上手で優しい先生だから頼っていいぞ」

説明が上手——と紹介されるほど上手だとは思えないだけに心底恐縮する遥だったが、英二は上機嫌で琉貴の肩を抱き、「しかも美人だろ?」とまでいいだした。

甥が相手ということもあるのだろうが、普段の彼とは明らかに違う。

——こうして並んでると、凄く似てる……親子みたい。

リッチで二枚目の英二は当然ながら女性にモテるが、性癖の問題で結婚する気はないといっていたことがあった。自分の息子でもおかしくない年齢の琉貴が、一般的な甥以上に可愛《かわい》いのだろう。

「初めまして、講師の住之江です。料理教室初心者コースの担当ですが、他のコースではアシスタントを務めています。どちらの時でも気軽にお声をかけてください」

遥は琉貴に対してお決まりの挨拶をしたが、中学生を相手に「お声をかけて」は些《いささ》か硬過ぎたかと思った。

しかしここは中学校とは違い、生徒は会員であり、お客様だ。

余程のことがない限り講師が生徒を叱《しか》ることはなく、教える立場とはいっても、若年の講師が生徒に上から発言することはない。

年齢に関係なくすべての生徒を丁重に扱い、いつも通り相手に合わせて少しずつ崩していくのがベストだろう――わずかな時間でそういった結論を出した遥は、徳澤琉貴を従来通り、「徳澤さん」と呼ぶことに決める。

「徳澤さんは、自分の意志で料理を習いたいと思ったんですよね？」

「――はい」

「何かきっかけや目標があるんですか？」

さきほど英二がいっていた受講の動機が気になっていた遥の問いに対し、琉貴は黙って視線を上げた。「はい」と答えた時点では特定のどこを見てもいなかったが、今は遥の顔をじっと見つめ、おもむろに口を開く。

「中三になって始まった調理実習で、上手くできなくて恥搔《か》いたんで」

琉貴はあまりいいたくない様子だったが、それでもきちんと答えた。

見た目の美しさを裏切らない美声は、少年と青年の中間に位置している。

ぶっきらぼうな話しかたは思春期の少年らしく、表情にも乏しいが、冴《さ》え冴《ざ》えと白光りする白眼《しろめ》と意志の強そうな黒瞳《くろめ》は、静の中に潜む情熱をちらつかせていた。

それになんといっても可愛いのだ。

遥は自分が父親になることなど考えたこともないが、息子が欲しいと思う人の多くが、琉貴を見て「こういう子が欲しい」と思うのではないだろうか。男女を問わずどんな親からも望まれそうな、少年らしい可愛らしさと健康美、そして将来性に溢《あふ》れている。

「学校で上手くできなかったから習おうとするなんて、凄く真面目なんですね」

「俺、人より劣るの嫌なんで」

「――っ」

さらりと返された一言に、遥はどう反応していいかわからず困惑した。

学校という小さな世界で優劣を競う子供ならではの、井《い》の中の蛙《かわず》大海を知らず――とも取れる発言だが、その瞳に潜む感情は軽く受け流せるものではない。

本気で悔しい、本気で上達したい。そんな気持ちが確かにあるのだ。

体はとても小さいのに、凄《すさ》まじいエネルギーを発している。

暇潰《ひまつぶ》しのお稽古事《けいこごと》としてカルチャースクールに通ってくる若い女性を散々見てきた遥にとって、琉貴の言葉は新鮮だった。とても眩《まぶ》しい存在に思える。

「ご、ごめんなスミ先生、びっくりしただろ？　身内の僕がいうのもなんだけど、琉貴はなかなか出来のいい子でね。都内随一の進学校に通ってて学年トップとか取っちゃうし、小柄だけど運動神経抜群でね。サッカーでも野球でも水泳でも、さらに絵画や音楽まで、何をやらせてもすぐに『本気でやればその道のプロになれる』なんていわれてるんだ」

「そ、それは凄いですね」

「そういうわけで可愛げないほどなんでもできるもんだから……調理実習で人より上手くできないことに我慢ならなかったみたいで」

「そう……だったんですか……」

「今はネットで色々学べるから自力で練習したりもしたみたいだけど、やっぱりちゃんと習ったほうがいいからね……怪我してもいけないし。それに琉貴が目指すところは独学で可能な中学生レベルの上達じゃなく、プロ級らしくて。最初から目標が高いんだ。それで僕に相談してきたんだよ」

「はい、よくわかりました。あの……改めていうことでもないかもしれませんが、まずは基礎が大事ですから、僕と一緒に初心者コースから頑張りましょう」

「……はい」

　琉貴に圧倒されて気の利《き》いたこと一ついえない自分が情けなくなりながらも、遥はこの少年の力になりたいと本気で思った。

　料理が好きだとか、興味があるから習いたいというわけではなく、有能な人間としての自尊心を守るためだったからこそ、彼の両親は教室通いを許可したのだろう。

　しかしどのような理由であれ、新しく何かを始めようとする気持ちは尊いものだ。

男だから料理なんてできなくてもいい——と開き直ったり諦めたりすることなく、現在得意ではないことに立ち向かおうとしているのだから、それはよい意味での意地であり、本物のプライドといえるだろう。

「徳澤琉貴です。よろしくお願いします」

琉貴は遅ればせながら自分で名乗ると、再び遥の顔をじっと見つめた。

不自然なほど数秒止まってから、ぎこちなく視線を逸らす。

その表情は、どこか照れくさそうに見えた。

「こちらこそ、是非よろしくお願いします」

さきほどより長く顔を見られたことで、遥は伊達眼鏡があまり役に立っていないことに気づく。しかし特に焦りや不安はなかった。

見惚《みと》れるのは主にこちらのほうだったが、しかし彼のほうも自分に見惚れたと取れないこともない間が生じたことを、珍しく好意的に捉《とら》える。

中身につり合わない期待をされ、キラキラした目で見られるのは好きではないが、こういう特別な少年に少しでも魅力のある人間だと思ってもらえたなら別だ。

今はただ素直に、光栄なことだと思えた。

《二》

四月の四週目に入り、住之江《すみのえ》遥《はるか》は徳澤倶楽部《とくざわくらぶ》二階にあるA教室で授業の準備を進めていた。今夜は家庭料理基本コースの夜の部に、アシスタントとして参加する予定だ。

富裕層の婦人達の相手はまだ慣れないが、それでもなんとか異動四週目を迎えて、日々緊張しながらも問題なくやっている。

幸い、遥が講師を務める初心者コースや、アシスタントとして入ることが多い製パンコースと家庭料理基本コースは、特別珍しい食材を使わないスタンダードなコースだ。授業内容は、三月までいた自由《じゆう》が丘《おか》校となんら変わらなかった。

変わるのは建物と食器と調理器具のグレード、そして何より会員の層だ。

二子玉川《ふたこたまがわ》駅から徒歩十分の場所にあるこの徳澤倶楽部は、迎賓館《げいひんかん》が東宮御所と呼ばれていた時代に造られた歴史ある邸宅を改築して運営しており、グループ内の他のスクールと一線を画す高級仕様になっている。

高い受講料や入会金、面接が必要なうえに、然《しか》るべき人の紹介がなければ面接すら受けられない秘密めいたカルチャースクールだ。

贅沢なのは校舎だけではなく、薔薇園さながらの庭園も見事で、敷地全体がアイアンのフェンスで囲まれている。

　常時警備員が見回っているうえ、セキュリティシステムも万全だった。

　そのうえA級ライセンスを持つ専属運転手が、会員をリムジンや黒塗りの高級セダンで家まで送迎するサービスがあったり、基本レッスン以外に会員の要望によって臨機応変に特別レッスンが開催されたりと、良家の子女が安心して多くのことを学べるシステムになっている。

　各国のテーブルマナーや着付け教室、ダンス教室など様々あるが、その一つが遥の所属する料理教室だった。料理研究家であるオーナーは使う食材にもこだわりを見せ、たとえ珍しい食材ではなくとも、倶楽部から車で十分程度の距離にある自社ビルのヘリポートに産地の品を届けさせている。

　——あれ……どうして琉貴《るき》くんがこのコースに？

　家庭料理基本コースが開催される教室に徳澤琉貴が現れ、遥はしばし目を疑った。

　月二回の初心者コースに通い始めたばかりの彼が、何故《なぜ》か一つ上のコースにいるのだ。

　このコースの名前には『基本』とついているが、米の洗いかたや野菜の標準的な切りかたなど、基礎的なことはほとんど説明せずに進む流れになっている。

学ぶ内容は、魚を三枚におろす方法や見映《みば》えの美しい飾り切りなどで、初心者コースを終えたあとのステップアップコースとして設定されていた。

――今の段階で上のコースなんて受けて、大丈夫かな……。

講師のデモンストレーションが終わると、遥はすぐに琉貴のいるテーブルに向かった。

初心者コースとこのコースの最も大きな差は品数にあり、前者が三品――しかも一品は簡単なサラダやゼラチンを溶かして固めたゼリー、アイスティーなどであるのに対し、家庭料理基本コースでは全四品を、包丁や火を使ってまともに調理しなければならない。

それでいて授業時間に差はないため、手際よく進めなければ同じテーブルについた他のメンバーに迷惑をかけてしまうのだ。

「徳澤さん、こちらのコースも受講していたんですか？」

アシスタントとして各テーブルを回る立場の遥は、真っ先に琉貴に話しかける。

四班のテーブルにいた彼は会釈程度に頭を下げ、「はい」と答えた。

「月二回じゃ足りないと思って」

「ああ……そうでしたか、交互に毎週受けられるようにしたんですね」

「早く上手《うま》くなりたかったんで」

ぽつりと返した琉貴は、女性三人と作業を分担してニンジンを手にする。

相変わらず愛想がなかったが、感じが悪い印象ではなかった。

慣れない作業を前に、余裕がないだけのように見える。

「教室のピーラーは切れ味がいいので気をつけてくださいね。ギリギリの所まで無理して剝《む》かなくても大丈夫ですから」

「……はい」

カーキ色の三角巾《さんかくきん》に同色のエプロン、制服の白いシャツと黒いパンツ姿の琉貴は、ニンジンの皮をピーラーで剝くと、筍《たけのこ》御飯に入れるために切り始めた。

手先が器用らしく上手くやってはいるが、丁寧過ぎてペースが遅い。

炊き込み御飯の準備の他に、鶏《とり》のつくねを作るために肉を捏《こ》ねたり、味噌汁《みそしる》用の豆腐を切ったり油揚げの処理のために熱湯を用意したりと、今日はほぼ同時進行でやらなければならないことがたくさんあるのだ。

「徳澤さん、テーブルに対して少し斜めに立つようにしましょう。左手はそのままの形で大丈夫なので、利《き》き手をスッと後ろに引きやすくしてください」

遥は琉貴に指導しながら、同じ班の女性達の様子も見る。

この春に初心者コースを卒業している三人は、野菜の切りかたはもちろん、調理器具の収納場所もよく把握していた。

オーナーの甥《おい》と同じ班になったことで最初のうちはコソコソと楽しげに話していたが、今は調理に集中している。

「こう、ですか?」

「はい、その体勢のまま左手だけを少しずつずらして切ります。そう……その位置です。炊き込み御飯の場合は食材を均一に切らないと仕上がりに差が出てしまいますが、あまり神経質になり過ぎないよう肩の力を抜いてください。調理法によっては、大きさや厚みが多少違ってもフォローできますから」

「どうやってフォローするんですか?」

「焼く位置や湯に投じる順番などで微調整すればいいんです。慣れてくると、失敗しても上手く誤魔化《ごまか》せるようになってきます。まずは気楽に作りましょう。ただし怪我《けが》には十分気をつけてくださいね」

遥は暗に、「多少雑でも構わないから、怪我をしない程度にスピード重視で」と促し、琉貴は「はい」と答えるなり手を速めた。彼自身他の三人の動きを視野に入れて意識しているらしく、ペース配分を考えなければいけないことを察しているようだった。

実際に、品数が多いと大変なのだ。難儀しているのは彼だけではない。

料理教室では、講師が行うデモンストレーションを見てメモなどを取り、「さあ皆さんもここまでやってみましょう」と声がかかった途端に調理を開始するのが一般的だ。

富裕層向けの趣味教養としてのスクールとはいえ、そのあたりの流れは変わらない。

大変なのは複数の料理の手順を一気にデモンストレーションする場合で、いくら真剣に見ていても、いざやり始めようとした時には最初のほうの手順を忘れていたりする。

特にコースの一回目や二回目は誰でも緊張していて、憶《おぼ》えきれない作業量に狼狽《うろた》えたり初めて会った同じ班の人に迷惑《めいわく》をかけたりしないようにと、必要以上に焦るものだ。

「他のテーブルを回りますが、何かあったら呼んでください」

遥は豆腐を木箱から出す琉貴に声をかけると、三班のテーブルに移動する。

今使っているテーブルは四つあり、講師は一人、アシスタントは四人いるが、誰がどのテーブルを見るかは決まっていないため、五人で手分けをして進行が遅い班や呼んでいる人がいるテーブルに向かう。

出席者の数により三人しかいないテーブルでは、アシスタントが調理の手伝いをしつつ教えることもあった。三班のテーブルがまさにその状態で、かなり焦っている様子の女性がフォローを必要としている。

――受講は月二回だし、初心者コースと同時に上のコースに入って毎週通って来る人もいるにはいるけど、徳澤さんにはさすがに厳しいんじゃないかな。

三班のテーブルに移動してこのあと使う調理器具の準備を手伝いながらも、遥は一つ後ろのテーブルに目を配っていた。

──他のメンバーが大人とはいえ、彼の性格的に人より後れを取るのは嫌だろうし……完璧《かんぺき》にやろうとして焦り過ぎなきゃいいけど。

遥は欠席者のフォローをしながら琉貴の後ろ姿を見て、豆腐を切る彼がまな板に対して斜めに立っていることを確認する。

とても素直で真面目《まじめ》な子だと思った。

自由が丘校にいた時は、会員は多少なりと料理経験がある人ばかりだったので、初心者コースでもすでに自分の切りかたが確立されている人が多かった。

こちらがいくらアドバイスしても目を離すと元に戻ってしまったり、或《あ》いはきっぱりと「猫の手は怖いんで無理です」「このほうが切りやすい」といって直すことを拒んだり、様々なタイプの人がいたが、琉貴は反抗的でもおかしくない年頃にもかかわらず、教えられた通りの体勢を保っている。

「──ッ、ゥ！」

遥の視線の先で、琉貴が突然右手を引く。

まな板の上で半回転した包丁がテーブルの上に落ち、金属的な高い音を立てた。

同じ班の女性達が悲鳴を上げ、「大丈夫⁉」と声を揃《そろ》える。

「徳澤さん！　大丈夫ですか⁉」

すぐ前のテーブルにいた遥は、真っ先に琉貴の許《もと》へ駆け寄った。

包丁で手を切った彼は、血が食材に触れるのを避けるため、切った手を自分のフキンですぐに押さえて胸元に寄せる。

「すみません、血はついていないのでこのまま使えると思います」

「食材のことなんてどうでもいいです！　手は⁉　大丈夫ですか⁉」

琉貴はフキンで手を隠しつつ、「ちょっと切っただけです」と答えた。

特に痛そうな表情はしていないうえに、フキンが血に染まる様子は見られなかったが、遥の胸は罪悪感でいっぱいになる。

包丁の持ちかたを矯正させた直後だったこともあり、責任を感じた。

彼はまだ中学生の男の子で、つい先日初めて包丁を握ったばかりなのだ。

欠席者のいるテーブルは人に任せ、もう少し横についているべきだったと悔やまずにはいられなかった。

ざわめく教室から琉貴を連れだした遥は、同じ階にある救護室で傷の手当てをする。

幸い病院に行くような怪我ではなく、掌《てのひら》を一筋切っただけだった。

彼曰《いわ》く、豆腐を刃に載《の》せて移動する際に切ったらしい。

「御家族の方に連絡しないといけませんね。まずはオーナーに……」

「どうしても連絡しなきゃいけないなら叔父《おじ》だけでいいです。親にはいわなくていい」

「そういうわけにはいきません」

傷口を洗ってティッシュで血を拭《ぬぐ》いながら、遥は迫りくる現実について考えた。

成人の会員が自ら負った怪我でこれくらい軽ければ、絆創膏《ばんそうこう》などを渡して「お大事に」といって済む話だが、相手は保護者のいる十五歳の少年だ。

モンスターペアレントに怒鳴《どな》り込まれる教師の気持ちが少しわかる気がして、これからどうなるのかと不安でたまらない。

名の知れた大きな個人病院である徳澤病院の院長と、その夫人と考えると、どうしてものんびりしたイメージは浮かばなかった。偏見なのは承知のうえだが、ドラマに出てくるような、教育熱心で高圧的な人物を想像してしまう。

「怪我したことを話したら、教室通いを禁じられてしまいますか？」

「それはないです。自分で始めたことは最後まできちんとやれっていつもいわれてるし。

ただ、『それでも医者の息子か？』って、父親に笑われると思います」

「――え？　笑われる？」

絆創膏を貼《は》るために琉貴の隣に座っていた遥は、発条仕掛《ぜんまいじか》けの人形のように顔を上げる。あまりにも勢いがあったせいか、琉貴は逆に驚いた様子を見せ、目をぱちくりとさせてから頷《うなず》いた。

「今は他の科もあるけど、祖父の代から外科医なんで……料理教室に通うことにあっさり承知したのも、医者になるのに役に立つからって考えがあったみたいです。漫画《まんが》とかでもあるでしょ、魚で手術の練習したりとか。実際役に立つらしいですよ」

そう語る琉貴は、将来医者になることをすんなりと受け入れている様子だった。

この救護室は白を基調としたシンプルな内装になっており、一見診察室風に見える。それもあって遥の想像力は高まり、大人になった琉貴の白衣姿を頭に浮かべた。

手当てをしつつも、なんとなく患者になった気分で彼の話に聞き入る。

「徳澤さんの御両親が、料理教室に理解のある方でよかったです」

「成績さえよければうるさくない親なんで。放任主義だし」

酷《ひど》く厳しい両親を想像していた遥は、意外な言葉に驚かされる。

琉貴はさらに、「門限とかもないし、信用されてますから」といった。

医者の跡取り息子として、幼い頃からお受験だの習い事だのと教育熱心な親に過保護に育てられた少年――という固定概念は覆《くつがえ》り、正面に座って左手を差しだしている琉貴が、孤高の少年に見えてくる。あまりにも自信に溢《あふ》れて堂々としているうえに、強がっているようには見えないため、本当は淋《さみ》しい少年――という印象は受けなかった。

彼の場合は孤独ではなく、あくまでも孤高だ。

「じゃあ、怪我のことを報告しても徳澤さんが叱《しか》られることはないんですね?」

「叱られることはないです。けど、笑われるのは叱られるよりもっと嫌だ」

琉貴は実際に笑われることを想像したのか、むっとした顔つきで答える。

本当に誇り高い子なのだと、改めて思った。親にすらみっともないところを見せずに、いつも完璧でいるのは疲れそうな話だが、それは凡人の自分の感覚によるものだろう。

彼にとっては、完璧を目指すことが自然なのかもしれない。

「うちの親に先生がとやかくいわれることはないんで、心配しないでください」

「あ、いえ……そんなこと全然気にしてません」

反射的にお決まりの答えを口にした遥は、琉貴の黒い瞳《ひとみ》を前に居たたまれなくなる。

大人の綺麗事《きれいごと》や汚い嘘《うそ》など、全部お見通しだよ――といっているような瞳は、力強くて純粋だった。心を映す鏡のように思えてしまい、胸を掻《か》き乱《みだ》される。

「すみません、実は少し気にしてました。クビになったらどうしようとか」

「先生は正直ですね」

「一度は嘘ついちゃいましたけど」

「ここ、大人ばっかりだから……面倒《めんどう》かけてますよね、俺」

「いえ、面倒なんてことはないです、それは本当に本当。大人以外に教える機会が今まで
なかったんで、こちらも勉強させてもらってます」

正直な気持ちを口にした遥は、ぎこちなくも微笑《ほほえ》む。

二十五歳になって中学生と話している状況が不思議で、職場にいる気がしなかった。

まだ慣れない異動先の、ほとんど使ったことがない救護室という状況も手伝い、未知の
ものに触れている新鮮みがある。

「先生って、笑うと可愛《かわい》いですね。眼鏡《めがね》かけてるの勿体《もったい》ない」

「──っ、ど……どうも……」

「黙ってると性別よくわからないけど、料理してると男に見えて、なんか不思議でした」

「料理してると男に見えるなんて、それちょっと嬉《うれ》しいです。普段からちゃんと男らしく
見えたらよかったんですけどね──徳澤さんみたいに」

「徳澤さんて、叔父のこと？」

「いえ、オーナーのことではなくて」

君のことだよ——と口には出さずに隣に座る琉貴の顔を見つめると、どことなく嬉しげな表情で見つめ返された。中学生の男の子なら当然の反応だろう。

一般的に、男が男らしいといわれるのは年齢を問わず嬉しいものだが、男になりきっていない成長期の少年には、大人っぽいという意味を含めたより強い褒《ほ》め言葉になる。

「徳澤だとややこしいから、名前でいいです」

「琉貴さんて呼びます？」

「くんでいいです、全然」

琉貴の言葉を受けて、遥は「琉貴くん」と口にしてみる。

彼はあまり表情を変えなかったが、それでも少し嬉しそうに見えた。

感情表現が抑えられているだけに、微妙な変化を見て取るのが楽しくなってくる。

「あ、絆創膏貼らないと。ぼんやりしてごめんなさい」

遥は湿潤療法用の大判絆創膏を用意すると、洗浄を済ませた指先に向けた。

消毒せずに自然治癒力に頼る治しかたになるため、雑菌を混入させまいと慎重になる。

裏側のフィルムを剝《は》がして素早く貼るつもりで身を屈《かが》めた遥の前で、不意に琉貴の手の傷口が開いた。彼が力を入れたことで皮膚が伸び、直線の切り口から血の玉が現れる。

「あ……っ」

血を拭わないと絆創膏を貼れず、かといって両手が塞《ふさ》がっていてどうにもならず、血は今にも垂れて琉貴のエプロンを汚しそうだった。

絆創膏から手を離してどこかに置いておくのがベストだろうが、衛生的に考えると一枚無駄にするしかなくなる。このタイプの絆創膏は、大判サイズだと一枚二百円近く……と庶民的な金銭感覚が働いて焦った遥は、咄嗟《とっさ》に琉貴の掌に唇を寄せた。

一瞬の判断というよりは、錯誤といったほうが正しいかもしれない。

その瞬間は彼の手を自分の手のように感じて、舌先でぺろりと傷を舐《な》めてしまう。

当然血の味がしたが、それでもまだ自分が異様なことをしている自覚はなく——はっと気づいた時には、至近距離にある琉貴の表情に驚かされた。

自分以上に驚いてカッと目を剝いている彼は、幽霊でも見たような顔をしている。

「あ、すみません……思わず舐めちゃって。あの……っ、もう一度洗ってください。すぐ貼りますからっ」

遥は狼狽《うろた》えつつも、傷口を洗い直して拭《ふ》けばそれでいいと考えていた。

昔はよく「舐めておけば治る」といったものだし、もし舐め取っていなければ、今頃エプロンに血の染みができていたことだろう。

「あの……徳澤さん？　琉貴くん？」

彼の驚愕《きょうがく》がいつまでも続いていたため、遥は戸惑って身を強張《こわば》らせた。

他人に傷口を舐められるのは、どう考えても嫌なことだとは思うが……しかし表面的に舌を滑らせて血を舐め取っただけのことだ。

そんなにいつまでも目を剥いて、ぎょっとされ続けるのは意外だった。

「すみません、嫌でしたよね。咄嗟に舐めてしまって、本当にごめんなさい」

遥はフィルムを剥がした絆創膏の両端を指で摘《つ》まんだまま、「傷を拭ってください」ともう一度いったが、琉貴は座ったまま動こうとはしなかった。

限界まで剝いた目を元に戻し、視線を傷口に向かわせる。

今のところ血が止まっている傷を見てから、今度は遥の唇を凝視した。

「嫌じゃないけど、他人の血を舐めるなんて……信じられない」

「……っ、すみません」

「俺が病気持ってたらどうするんですか？　口ん中に傷とかなくても感染する病気なんていくらでもあるんですよ。なんでそんな危険なことできるんですか？」

高い絆創膏が勿体なかったから――とはいえずに、遥は「すみません」と繰り返す。

よくよく考えてみたら、琉貴は医者の息子だった。

彼には、他人が病原菌の塊に見えていたりするのかもしれない。

調理師という立場上、衛生管理はしっかりしているつもりの遥だったが、出会って間もない男とキスをしたり、コンドーム越しとはいえ性器の挿入を許したりと……大人として運任せな性愛に身を投じたことは何度かある。そんな遥からすれば、生まれて十五年しか経《た》っていない童貞の少年の血液など、無菌で綺麗なものにしか見えなかった。

「琉貴くんが病気を持ってるとは思わなかったし、エプロンに血がついたら大変だなとか絆創膏勿体ないなとか、すみません……瞬間的に色々考えて体が勝手に動きました」

澄んだ白眼《しろめ》に囲まれた真っ黒な瞳に囚《とら》われながら、遥はすべて正直に語る。

すると琉貴は一旦席を立って傷口を洗い、ティッシュで拭ってから「貼っちゃってください」といって掌を差しだしてきた。

それにより遥はようやく絆創膏を貼ることができたが、落ち着くなりじわじわと自分の行為の危険性が見えてくる。

「血を舐めた僕よりも、傷口に唾液《だえき》をつけられた琉貴くんのほうが深刻ですよね?」

「そうですよ。先生が病気持ちだったら、今ので感染するかもしれない」

「す、すみません……っ、健康診断とか血液検査とかちゃんと受けてますし、問題ないと思うんですが……すみません」

琉貴の傷口を舐めたことに関して、遥は自身に傲慢《ごうまん》な甘さがあったことに気づく。

他人に触れられたり唾液をつけられたりするのは不快なのが普通だが、自分はいわゆる汚いオジサンでも不潔なオニイサンでもないという自意識があり、美貌《びぼう》を褒《ほ》め称《たた》えられてきた人間ならではの気の緩みがあったのだ。

数々の男達から口づけを求められてきた経験上、そんなに嫌がられるとは思っていなかったのだとしたら――それは勘違いなナルシシズムで、甚《いた》く恥ずかしい話だ。

「こういうこと、誰にでもするんですか？」

「え、いや……それはないです。女性には絶対しないし、男性が相手でも、しませんね」

琉貴に問われて咄嗟にシミュレーションしてみた遥は、またしても正直に答えた。

ゲイであるかどうかは関係なく、異性の肌を舐めるようなセクハラは絶対にしないし、何人かの男性会員や友人知人の顔を浮かべてみても、やはりしないと思った。

「じゃあ、俺だけ？　なんで？」

「それは……なんていうか、若くて、綺麗だからですかね……色々……」

きちんとした家の子で、おそらく童貞で、赤ちゃんのように肌理《きめ》細やかで綺麗な肌をしているからだよ――とはいえなかった遥は、下を向いてもごもごと言葉を濁す。

「俺が子供だから？　病気持ってなさそうとか思いました？」

「思ったというより、考えもしなかったです。自分の手を舐めるような感じでした」

「……俺もちょっと、妙な感覚があります」

やや重たい口調で発せられた琉貴の一言に、遥は俯《うつむ》いていた顔を上げる。

わかりにくいはずの彼の感情が、珍しくありありと出ていた。

小麦色の頰《ほお》が赤く色づいて見え、瞳は輝いている。

「驚いたけど、全然嫌じゃなかった」

「――え？」

隣り合わせに座りながら、目を見ていわれた。

それこそ妙な雰囲気になりかけている気がして、遥の胸はざわつく。

十五歳は子供だが、恋ができないわけじゃない。むしろそういうことへの興味に溢れる年頃で、ふとしたことからいきなり火が点《つ》き、暴走したりする歳《とし》でもある。

「嫌じゃなかったならよかったです。そろそろ授業に戻らないといけませんが、これからどうしますか？　調理用手袋の貸しだしもしてますけど、痛むなら今日は早退したほうがいいと思います。振り替え授業が受けられるよう手配しておきますから」

開いていた店のシャッターを下ろすように仕事モードに切り替えた遥は、これ以上踏み込まれるのを避けて立ち上がる。

これもまた自意識過剰かもしれないが、見つめ合って意味深な言葉を交わしたり、脈があるかないかの探《さぐ》りを入れたりするのは危険だった。過去の経験上、そのまま口説《くど》かれるパターンが多い。ノンケですら、「君ならいいかも……」といった失礼な発言をし始め、急に手を握ってきたりする。

「先生が戻るなら、俺も戻ります」

「──琉貴くん……」

主体的に行動するはずの琉貴が、早速《さっそく》らしくないことをいいだした。

僕が戻らないといったら、君はどうするの──と訊《き》きたくなるが、余計なことを訊けば墓穴を掘る予感がする。

今自分を見上げてくる琉貴の目が好奇心に満ちていて、その輝きが怖かった。

十五歳の男子中学生……それもオーナーの甥に万が一惚《ほ》れられたら、あまりにも問題があり過ぎる。どうせ最後はいつも通り、地味で面白味《おもしろみ》に欠ける人間として飽きられるだけなのだし、何事もないのが一番だ。

「じゃあ、戻りましょうか」

努めて平静を装った遥は、琉貴と目を合わせないよう気をつけながら立ち上がる。

救護室から出て二階の廊下を歩きだすと、背中に強い視線を感じた。

真後ろにいる琉貴が、自分を見ているのがよくわかる。

頭、首、背中……と下りていく視線が、腰のあたりで落ち着く。

尻《しり》ともいえる箇所で確かに止まっていた。

女性とは異なるボリュームのない尻を見て、性別を確認しているのだろうか。

視線を感じられることが、超常現象の一つに思えてならないほどリアルだった。

肌に突き刺さる視線――という表現をしたところで、実際には物理的に何かが当たっているわけではないのに、痛いのだ。本当にちくちくする。

「ここの建物、凄《すご》いですね。外から見ると小ぶりの宮殿みたいな感じで」

背中から声をかけられた遥は、ぎこちなく振り返った。

尻を見られ続けるくらいなら並んでしまいたくて、足を止めて横に立つ。

「そうですね。建物自体は古いので、華美ではなく上品だし……でも内装は華やかで今の若い女性が喜ぶ感じに直してあったり、いいですよね」

「先生の好みですか？」

「そう、ですね……庶民の僕には贅沢過ぎて落ち着かない雰囲気ではありますが、とても素敵な所だと思っています。一番落ち着けて好きなのは料理部の三つの教室です。最新のキッチンにいるとテンション上がるみたいで」

普通に、普通に——と念じつつ琉貴の隣に立って歩く遥は、変わらぬ視線に晒《さら》される。

建物の話をしているのに、横顔ばかり見られていた。

「先生は、やっぱり料理上手な人が好きなんですか？」

「え？　あ、はい……まあ、そうですね。上手ではなくてもいいんですが、食べることや料理に興味がある人とは話が合いますから、好感を持ちますね」

早く教室に戻りたくて自然と早足になる遥は、それでいて次に何をいわれるのかとハラハラしていた。

ハラハラ——が危険や不安に対する心の動きとするなら、今の状態は極めてドキドキに近いものだ。危険を感じ、不安を抱きながらもどこか甘い興奮がある。

特別な空気を放つ美少年に興味を持たれていることへの悦《よろこ》びと、どうにも拭い去れない誇らしさは、理性でどうにかできるものではなかった。

「俺、食べるの好きです。好き嫌いもないし、よく食べます。料理にも興味持ったし」

「……成長期ですから、いくらでも食べられる時期ですよね。好き嫌いがないのはとてもいいことですね」

無難なことしか返さない遥の顔を、琉貴は今でも見つめ続けていた。

ライトアップされた薔薇園を見下ろせる廊下を歩きながら、「あ……」と呟《つぶや》く。

教室まで戻ってきたことに遥よりも遅れて気づき、「もう着いちゃった」と残念そうに零《こぼ》した。唇を少し尖《とが》らせた表情は、たまらなく可愛い拗《す》ね顔だ。

「遅くなって申し訳ありません！　ただいま戻りました」

琉貴の言葉も可愛い姿も振りきった遥は、廊下側の窓から教室内を覗《のぞ》く余裕もなく扉を開ける。無駄《むだ》に元気のよい挨拶《あいさつ》をすると、教室中の視線が一斉に集まった。

「あ、スミ先生！　お久しぶりです」

ざわつく教室内に頭一つ飛びだしているシルエットがあり、遥は教室を間違えたのかと焦る。しかし確かに元の教室で、生徒の顔ぶれも料理の内容もさきほどのままだった。

講師やアシスタントの面子《メンツ》も変わらないが、一人だけ予想外の人物が紛れている。

「日之宮《ひのみや》先生、どうして……っ」

「御機嫌《ごきげん》よう。復帰の挨拶に来たら先生が救護室に行ってるって聞いて、先生の代わりにアシスタントやってたんだよ」

「そ、それはすみません。ありがとうございました。骨折した所は大丈夫ですか？」

「まだ本調子じゃないけど左腕だから大丈夫。困った時は頼ってくれていいからね」

浅黒く焼けた肌と金髪という――サーファー風の見た目ながらにフランス人の血を引いている日之宮は、金髪がよく似合う顔立ちのおかげで有閑《ゆうかん》マダムに人気の料理研究家だ。

もちろん若い女性ファンも多く、テレビや雑誌で見かけることも多い。

遥は日之宮の私傷病休職のせいで自由が丘の徳澤カルチャースクールから二子玉川の徳澤倶楽部に異動になったが、彼がやっていた仕事を遥がしているわけではなかった。

キャリアと知名度に合わせて穴埋めに振り分けられ、その結果空いてしまった初心者コースの講師として、遥が抜擢《ばってき》されたのだ。

もちろん悪い話ではなかったが、プロ意識が足らずに遊びで骨折した人間に、「困った時は頼ってくれていいからね」とにこやかにいわれても納得できないものがある。

「日之宮先生がアシスタントなんて……」と、女性達がくすくす笑うのも嫌だった。

日之宮は料理の腕前という点では遥と大差がなく、どちらかといえば雑で適当な男だ。

ただし、モデル並みの容姿を持ち、トークが軽妙でパフォーマンスとして派手な動きで料理ができるという美点があり、メディア向きなのは事実だった。

「あ、君がオーナーの甥っ子くん？　凄い小さくて可愛いねぇ、中学生なんだって？」

琉貴が抜けていた四班のフォローに入っていた日之宮は、琉貴を見るなり信じられないことをいう。

自分で起《た》ち上げたブランドの派手派手しいエプロン姿で琉貴の前に立ち、つむじを覗き込むような体勢で見下ろしていた。

——中三男子に小さくて可愛いとか……絶対駄目《だめ》だろ、それ。

過去に同じことを散々いわれて嫌だった遥は、日之宮の発言に卒倒しかける。

いわゆるオバサン世代がついうっかりいってしまうならともかく、同じ男でありながらよくもまあこんな酷いことがいえるものだと呆《あき》れ返った。

「いやぁ、ほんと可愛いな。僕はテレビ局とかしょっちゅう行くからアイドルの男の子と会ったり食事したりもよくするし、仲いいんだけど、君のがずっと可愛いよ。正真正銘《しょうしんしょうめい》の美少年って感じ」

「ひ、日之宮先生……お手伝いありがとうございました。あとは僕がやりますから」

さらに「可愛い」を連呼する日之宮を黙らせようとした遥は、視界の隅で琉貴が口を開くのを目にする。気位の高い琉貴が抗議でもして空気が悪くなったらどうしようかと、気が気ではなかった。

「ありがとうございます、わりとよくいわれます」

遥の心配を余所《よそ》に、琉貴は日之宮に向かってしれっと返した。笑みさえ浮かべている。

遥がこれまで接した印象では、琉貴は決して自分の可愛さを誇るタイプではない。

かつての遥のように劣等感を抱いてはいないかもしれないが、「小さくて可愛い」に、喜ぶはずがないのだ。まだ付き合いは浅いが、そういう子ではないと確信していた。

「そ、そうだよね。スカウトとかされて大変でしょ？」

「はい。断るのが面倒になるくらいには大変ですね」

「あ……やっぱり？」

またしても淡々と答えた琉貴に、日之宮は明らかに押されていた。

常に上から目線で話すいつもの余裕を失ったのか、「もしもデビューする気になったら僕に相談して。一流事務所紹介するから」などと、無意味な言葉を残して去っていく。

琉貴は病院の跡取り息子のうえに、もし万が一芸能界に興味を持ったら、日之宮よりもはるかに人脈豊かな叔父の英二《えいじ》に相談すればいい話だ。彼が出る幕ではない。

「なんか、迂闊《うかつ》な感じの人ですね」

日之宮がさりげない振りをしながら去ったあと、琉貴は唇の端を上げる。

控えめな表情だが、どう見ても明らかに嘲笑《ちょうしょう》だった。

「琉貴くんて……凄いんですね」

「ああいう失礼な輩《やから》は相手にするだけ無駄なんで」

他の生徒に聞こえないよう小声でいった遥に、琉貴も小声で返してくる。

琉貴による日之宮撃退に胸がスッとした遥は、感心しながら胸をときめかせた。

外見だけではなく中身も、琉貴はかつて自分が理想とした男らしい男の子そのものだ。

「僕は子供の頃、似たようなことをいわれるたびにメソメソしていました。琉貴くんは、ほんと凄い。カッコイイ……」

胸の内から自然に溢れた言葉を口にすると、途端に琉貴の表情が固まる。

意図的に固めなければまずいといわんばかりに、瞳の動きが不安定だった。

褒められて狼狽えているのがわかる。きちんと整理整頓《せいとん》されているはずの言葉の抽斗《ひきだし》を大急ぎで引っ掻き回し、返すべき言葉を探している顔だ。

――カッコイイ……は余計な一言だったな。妙な取りかたされないといいけど……。

感情任せの失言に気づいた遥は、透かさず先手を打とうとする。

「今日のコースは忙しいので、そろそろ戻りましょう」

四班のテーブルの近くで、遥は琉貴の背中を押した。

結局返ってきたのは、赤面気味の表情と、「はい」の一言のみだ。

「まずは手袋が必要ですね。傷口が濡《ぬ》れないようにしないと」

遥もまた、日之宮のようにさりげない振りを装う。

調理用手袋を取りにいきながら琉貴と離れ、どうにか気持ちを切り替えた。

《四》

絆創膏《ばんそうこう》を貼《は》った掌《てのひら》を時折見つめつつ帰路に就いた琉貴《るき》は、倶楽部《くらぶ》の送迎サービスを利用していないため、二子玉川《ふたこたまがわ》から東急大井町《とうきゅうおおいまち》線と東急東横《とうよこ》線を利用し、十五分かけて最寄《もよ》り駅に到着した。

時刻は午後九時になろうとしている。

東京都大田《おおた》区田園調布《でんえんちょうふ》二丁目にある多摩川《たまがわ》駅から、せせらぎ公園に向かって歩くと、高級住宅が建ち並ぶエリアがあった。

その中の一画にある鉄筋の白い建物が、琉貴の自宅だ。

父親が経営する徳澤《とくざわ》病院はここから徒歩十分ほどの場所にあるが、この家も一見病院のように見えるデザインで、時々勘違いする人が現れる。

二階建てにもかかわらず建物の高さは平均的な三階建てよりも高く、屋根まである吹き抜けに長く巨大な窓ガラスが嵌《は》めてあった。表札も洒落《しゃれ》た店舗のようで、どう見ても一般家屋には見えない。病院でなければ、車のショールームのような家だった。

「琉貴さん、おかえりなさい」

「ただいま」

通いの家政婦の長谷部《はせべ》に迎えられた琉貴は、靴を脱ぐなりすぐに、玄関の脇にある洗面台に向かう。

インテリアの一部に見せかけているが、実際には飾りではなく使用頻度が非常に高い洗面台だ。帰宅後は上着を脱いで時計を外し、石鹸《せっけん》を使って爪《つめ》の間までよく洗って、ペーパータオルで水気を拭《ぬぐ》ってから部屋に入る決まりがあった。

「料理教室に行ってらしたんですよね？　エプロンやフキン洗いましょうか？」

「……うん、よろしく。鞄《かばん》開けていいよ」

「はい、失礼しますね。二回目の教室はどうでしたか？」

「先週のより一つ上のクラスだから大変だった。品数が多くて、同時進行難しい」

「今日は大変そうって仰《おっしゃ》ってましたもんね」

「長谷部さんは凄《すご》いんだなって思ったよ。何品も揃《そろ》えて出せるし」

「わかっていただけて嬉《うれ》しいです。こう見えて結構《けっこう》頭を使ってるんですよ」

ふふっと笑う中年家政婦の長谷部は、余計なことをいわない弁《わきま》えた女性だった。

今夜は教室で作ったものを食べるから夕飯は要《い》らないといっておけば、「お夕飯は？」といちいち訊《き》いたりしないし、両親の予定や所在など、琉貴にとってどうでもいい情報をあえて聞かせてくることもない。

「次の授業は来週で、それは初心者コースの二回目でしたっけ？」

「よく憶《おぼ》えてるね。初心者コースと上のコース、交互に受けるんだ」

「凄く勉強になりそうですね。上達したら私の仕事なくなりませんかね？」

「やれるようになるのとやるのとは違うから、大丈夫だよ」

苦笑した琉貴は、リビングには向かわずに階段を上がる。

家を建て替えた際に母親が一階を吹き抜けだらけにしてしまったため、二階のプライベートルームはさほど広くなかった。琉貴の部屋はクローゼットを除いて十畳しかなく、家の大きさと比較すると手狭に見える。

――絆創膏、少し濡《ぬ》れたな……。

施錠してから机に向かった琉貴は、少し浮き上がった絆創膏の端を摘《つ》まむ。

家政婦の長谷部に気づかれないよう慎重に手を洗い、左手はできるだけ濡らさないよう気をつけたが、それでも少し濡れてしまっていた。

ペリペリと剝《は》がしていくと、白っぽくなった傷痕《きずあと》が見える。

湿潤療法用の絆創膏も部分的に白くなり、ぶよぶよとしていた。

琉貴は抽斗《ひきだし》から新品のノートを取りだして、その一ページ目に絆創膏を貼る。

何故《なぜ》こんなことをしているのか、自分でもよくわからなかった。

いつもなら躊躇《ためら》いなく捨てていたであろうゴミを真《ま》っ新《さら》なノートに貼って、その両端を摘まんでいた遥《はるか》の指先を思いだす。

——美人なのに……変な人だよな。他人の血を舐《な》めるとか正気じゃない。

罫線《けいせん》に沿って正確に貼った絆創膏を見ながら、琉貴はその中心部を指で押す。

少し水分を含んでムニッとした感触は心地《ここち》好く、遥の柔らかそうな唇を彷彿《ほうふつ》とさせた。

一瞬のことだったので記憶にないが、自分の掌のどこかにあの唇が触れたはずだ。

直線的な傷に沿って滑った舌の感触は憶えていて、とても温かかった気がする。

冷静になって考えてみると、まだ二回しか会ったことのない他人の……病歴も何もかも不明な人間の唾液《だえき》を傷口に塗り込まれたのだ。

怒ったり気持ち悪いと思ったりしてもいいはずなのに、絆創膏を大事に取っておきたくなっている自分がいる。

——俺の血が、今頃あの人の腹の中にあるのか。

そう考えると、胸のあたりが引き締まる感覚があった。

胸が熱くなるというのは、こういうことをいうのだろうか……運動をしているわけでもないのに心臓の動きが活発になり、血の巡りがよくなって体全体が熱くなる。

「……ッ……」

下着と制服のスラックスに包まれた股間《こかん》も、俄《にわか》に反応していた。

実際には目にしていないものが頭に浮かび、脳や体を刺激する。

血に濡れた唇を舌でゆっくりと舐める姿や、悩ましく舌を突きだす姿……ネットで見たアダルト動画の女優がしていたことを、住之江《すみのえ》遥がしている。

股間に顔を埋《うず》めて、性器を舐めてきて――上目遣《うわめづか》いでこちらを見つめながら、ごくんと喉《のど》を鳴らした。

「――ッ、ウ……」

琉貴は昂《たかぶ》る股間に手を伸ばしたい衝動をこらえ、深呼吸を繰り返す。

自慰に罪悪感を覚えるほど子供ではなかったが、これまで一度として知人をネタにしたことはなく、それはやってはいけないことのような気がした。

ネタにされるのが仕事のAV女優と、一般人のあの人は違う。

勝手に脱がせたり善《よ》がらせたりするのは申し訳なく、気が引けた。

――胸とか、ないんだよな……尻《しり》も凄い小さかった。

揺れる大きな乳房ばかりをネタにしてきた琉貴は、平らな白い胸を想像して、好みではないはずの体に欲情する。性器まで想像してしまい、きっと綺麗《きれい》なんだろうなと、結局は止まらない妄想に股間のものを滾《たぎ》らせた。下着がきつくなって、とても苦しい。

——抜かないと駄目《だめ》だけど、あの人以外で……。

琉貴は制服のスラックスのファスナーを下ろすと、パソコンの電源を入れる。

パスワードを入力してからブラウザを立ち上げ、無料動画でも十分抜ける安全性の高いアダルトサイトにアクセスしようとしたが、手が勝手に開いていたのは、徳澤カルチャースクールのサイトだった。二子玉川の徳澤倶楽部はサイトすら存在しないものの、会員を一般募集している徳澤カルチャースクールには行き届いたサイトがある。

以前覗《のぞ》いた時に講師紹介ページがあったのを憶えていたため、これまでまともに見なかったページを改めて開いた。

もしかしたらと思って期待に目を凝《こ》らすと、自由《じゆう》が丘《おか》校に在籍する十人の講師の中に、求めている顔と名前があった。おそらくサイトの更新が遅れていて、すでに徳澤倶楽部に異動しているにもかかわらずまだ残っているのだ。

「……ッ……ン……」

住之江遥——その文字と、控えめな笑顔の写真。

それを目にしてスクリーンショットを撮《と》った瞬間、画面の中から遥が抜けだしてくる。

平面的であるはずのものが肉感を持ち、小さいながらに唇と瞳《ひとみ》が動いた。

『琉貴くんは、ほんと凄い。カッコイイ』

確かに声が聞こえた。耳の奥がじぃんと痺《しび》れる。

遥は尊敬の念すら感じさせる瞳をこちらに向けてきて、もう一度同じことをいった。

『琉貴くんは、ほんと凄い。カッコイイ』

よく聞く台詞《せりふ》だ。珍しいものじゃない。

これまで何度も色んな人間からいわれてきた。

自分にとって褒《ほ》め称《たた》えられることはデフォであり、たまに褒められて舞い上がるような低レベルな子供ではないはずだ。むしろ、褒められ過ぎてムカつくことすらある。

いちいち褒めなくても俺が優秀なのはわかってるよ。俺にとってこの程度のことは褒められるほどのことじゃないんだよ――なんて、我ながら生意気なことを思い、馬鹿《ばか》の一つ覚えのような賛辞を気怠《けだる》い気分で聞いていることもざらだった。

『カッコイイ……』

「――ッ、ゥ！」

幻想的に透ける遥に囁《ささや》かれ、体がびくんと震える。

おもらしでもしたかのように、下着が生温かくなった。

――なんだ、今の……。

ハフッと息をついた琉貴は、自分の股間に恐る恐る目を向ける。

信じられないことに、下着がぐっしょりと濡れていた。

ひくつく膨らみの上から、湯気が立ち上りそうな有り様だ。

「嘘《うそ》だろ……っ」

目にしてもなお半信半疑だが、紛れもない現実だった。

まだ何もしていないのに、写真を見て妄想しただけで達してしまったことを自覚する。

ありきたりな褒め言葉や感心している眼差《まなざ》しを蘇《よみがえ》らせ、それをネタに達《い》ったのだ。

いったいどういうことかわからないが、同性に欲情したのは間違いなかった。

小学生の頃に覚えた自慰にもすっかり慣れて、やや飽きていたくらいで、相当な刺激を与えないと達けなくなっていたのが嘘のようだ。

——そんなに溜《た》まってたわけじゃないのに……。

下着に付着したものを指に絡めた琉貴は、浮かび上がる淫猥《いんわい》なイメージに囚《とら》われる。

赤の他人の血を舐められるあの人は、恋人の精液を飲んだりもできるのだろうか。

もしあの人がゲイだったら、男とそういうことをするはずだ。

あれほどの美人だと女と付き合うことに違和感があり、男と付き合っているといわれたほうがしっくりくる。

住之江 遥 先生

——もし……これを舐められたら……。

青臭い精液を指でネチャネチャと捏《こ》ねながら、琉貴はめくるめく妄想に身を委《ゆだ》ねる。

それはいけないことだと思っても止まらず、汚れた指先を液晶画面に寄せた。

微笑《ほほえ》む遥の口元に精液を塗りつけると、またしても性器が反応する。

——先生……今度は血じゃなく、これを……。

硬い画面では物足りなくなった琉貴は、ノートに貼りつけた絆創膏にも精液を塗る。

瞼《まぶた》を閉じると、目に焼きついた遥の微笑と唇の感触が融合して、本当に塗りつけている気分になった。

想像の中の彼は唇をおもむろに開き、指をしゃぶってくれる。

こんな妄想をせずにはいられないなんて、あの人は特殊なフェロモンでも発しているのだろうか。きっとそうに違いない。蜜《みつ》で蝶《ちょう》や蜂《はち》を誘う花のように、男が本能的に抗《あらが》い難《がた》い何かを放っている人なのだ。だからこれは、どうしようもないことなのだ。

「……っ、先生……遥先生……」

結局自制が利《き》かずに、琉貴は妄想の中で遥を穢《けが》した。

達しても達しても満足することはなく、気づけば深夜まで自慰に耽《ふけ》っていた。

《五》

徳澤琉貴《とくざわるき》が軽い切り傷を負った翌日、遥《はるか》は製パンコース夜の部でアシスタントを務め、授業が始まるなり緊張していた。またしても予想外に琉貴が姿を見せたからだ。

しかし昨日とは違い、受講生として現れたわけではなかった。

教室の廊下側にある窓の向こうに、彼は独りで立っている。

——なんか、僕のことを見てる気がする。

琉貴が見学していることに気づいた時、遥は反射的に笑顔で会釈をした。

彼は相変わらず無表情に近かったが、少しだけ頬《ほお》を緩めて会釈を返してきた。

最初は、製パンコースにも興味があるのかなと思った遥だったが、琉貴の視線は講師のほうには向いておらず、アシスタントとして立っている自分にばかり向いている。

アシスタントは四人いるため、一人は講師の斜め後ろに控えてデモンストレーションを手伝うが、他の三人はそばにいると邪魔《じゃま》になるので、離れて見ている決まりがあった。

この講座での遥は後者の立場だけに、琉貴の視線が気になって仕方がない。

——昨日のことで、妙な感情とか持たれてなければいいけど……。

講師のデモンストレーションが終わったあとも、琉貴は窓の向こうに立っていた。

料理教室の受講をしていない会員が数分間見学をしていくことはよくあるが、これほど長い間ずっと見ていく会員はまずいない。

自由《じゆう》が丘《おか》校でも教室を外から見学できるスタイルは変わらないため、ギャラリーをいちいち気にすることなく作業を進められるようになっていた遥だったが、今日は気になって仕方がなかった。

デモンストレーションの間は前を見ていた生徒も、今は琉貴の存在に気づいている。若い女性はもちろん、やや年配の女性まで琉貴のことを意識していた。

「徳澤オーナーの甥《おい》っ子さん、噂《うわさ》に違《たが》わぬ美少年ですこと」

「あの制服、栄叡大《えいえいだい》付属のものよ。優秀でいらっしゃるのねぇ」

「さすがは徳澤病院の跡《あと》取《と》り息子だわ。お母様はさぞや自慢でしょう」

「本当にねえ……うちの息子と交換してほしいわ」

「もしかしてパン作りに興味がおありなのかしら？　あんなに可愛《かわい》い男の子と同じ班になったら年甲斐《としがい》もなく舞い上がってしまいそう」

口々に囁《ささや》き合う女性達は、誰も彼も浮かれ気味だった。

材料の計量をしながらも落ち着かず、教室全体の空気がおかしい。

「パンじゃなくスミ先生がお目当てなのかもしれませんわ。何しろお綺麗《きれい》ですし、殿方《とのがた》の気を引くのが上手でいらっしゃるんですもの。色香があって羨《うらや》ましいこと」

後方のテーブルに行くと、大手建設会社の社長令嬢から嫌味《いやみ》たっぷりにいわれた。

彼女はオーナーの徳澤英二《えいじ》を狙《ねら》っているらしく、英二が遥に目をかけていると知って、わざわざ自由が丘校まで振り替えレッスンを受けにきたことがある。

遥が徳澤倶楽部《くらぶ》に異動になったことが気に入らないようで、人前で遥のことを遠回しに貶《おとし》めたり、なんの根拠もなくゲイだと決めつけた発言をしたりすることがあった。

遥が着ている大量生産の安いファッションブランドの名前を出し、世間話の振りをしてわざと聞こえるように「あそこの服は低所得者が着るものよ」といったり、「育ちの悪い美人って、よく見るとなんか安っぽいのよね」といったり、何かと棘《とげ》のある女性だ。

一流の人間は他人を貶めないということくらい頭ではわかっているだろうに、つい口に出してしまうあたりが残念な人だと思っている。

「パン作りは男性にも人気がありますから、興味がおありになるのかもしれませんね」

遥が冷静に返すと、彼女は納得できない様子で「中学生が？　料理より恋愛に夢中になる年頃じゃありません？」と、突っかかってくる。

「徳澤さんは真面目《まじめ》な生徒さんですから」

この人は何がなんでも人をゲイにしたいんだな……と思うと、彼女が最も知りたくない真実をぶちまけて反撃したい衝動に襲われた。

彼女の中では、徳澤英二はノーマルで住之江《すみのえ》遥はゲイということになっていて——何も知らず面倒見《めんどうみ》のよい英二が、遥によってその道に引きずり込まれるのを心配しているようだが、実際には英二のほうがその道を生きて長い。

英二は筋金入りのゲイで、彼女がどんなに可愛い洋服を着ようと肌を白く保とうと髪を巻こうと、そんなものには目が行かない。

英二の好みは、自然に日焼けした小麦色の肌を持つスポーツマンだ。実はかなり邪《よこしま》な目でスポーツ観戦をする男で、歴代の恋人には誰もが知っているアスリートもいる。

「ねえ先生……ここって、講師と生徒っていうか……スタッフと会員の恋愛は禁じられているんですか？　規約には特に書いてありませんでしたけど、どうなんでしょう？」

「すみません、それについては今度オーナーに確認してみます。スタッフ同士の恋愛なら問題ないはずなんですが……つい先日告知されていた通り、近いうちに職場結婚する先生もいますし」

「職場結婚……」

「はい、つまりは恋愛も許されているということかと」

遥が可能な範囲での反撃をすると、彼女は露骨に眉《まゆ》を寄せた。

一人だけ進行が遅れていたのでパン作りに戻るものの、明らかに腹を立てている。

――どうしたんだろう……いつもはこんなこと絶対いわないのに。

これまでは何をいわれても柔らかに躱《かわ》すか、気づいていない振りをするか、そうやって無難にやり過ごしてきたのに、今日はなんだか変だった。

反撃したところでスッキリするのは一瞬で、大切な会員を不快にさせてしまったことを思うと、社会人として猛省する破目になる。

ここにいる自分は、ただパン作りの手伝いをするだけの人間ではない。

彼女達が支払う受講料から給与をもらい、生活している。勉強になってなおかつ楽しい時間を提供するのが義務であり、多少嫌味をいわれたからといって、いい負かして自分がスッキリしてはいけないのだ。むしろ自らサンドバッグになってあげるくらいの余裕と、サービス精神を養わなくては――。

――琉貴くんの真似《まね》なのかな、これ。

窓ガラスの向こうから送られてくる琉貴の視線を絶えず感じていた遥は、若さと無垢《むく》な強さに満ちた琉貴の影響を自分の中に見いだす。容姿にしても性格にしても、彼のような少年だったらよかったのにと憧《あこが》れる気持ちが、強気を生みだしたのかもしれない。

子供なら生意気程度で済んでも、大人の自分には無礼な失言に繋《つな》がりそうだ。

そもそも中学生の真似をするなんて、仕事を持つ大人として馬鹿《ばか》げている。

人間の価値は年齢で決まるものではないし、よいと思ったことは見習うべきだが、己の年齢や職業、立場を考えて取り入れなければ駄目《だめ》だ。

ファッションと同じで、自分が好きだからという理由で年齢に合わない洋服を無理やり着ても、上手《うま》く着こなすことはできない。あまりにも夢がなくて好きな言葉ではないが、分相応であることは正しいのだ。

——分相応……僕には僕に相応《ふさわ》しい適当な相手がどこかにいるだろうし、琉貴くんなら若くて可愛いお嬢様を選び放題だろう。来ないで済むなら来ないほうがいい世界に足を突っ込むことはない。色々悩んだ末に、どうしてもこちら側でしか生きられない人だけが来ればいいんだ。

遥は窓ガラスから一番遠いテーブルまで行くと、遅れていた生徒のサポートをする。

移動しても追いかけてくる琉貴の視線を感じながら、気づかない振りを続けた。

自惚《うぬぼ》れではなく、向けられる視線の種類がわかってしまって困惑する。

恋の熱量は確かに視線に乗るもので、熱いものに皮膚を焼かれた。

——困ったな……。

これまで幾度となく、見知らぬ男性や女性、少し知り合った程度の相手につきまとわれた経験がある遥だったが、今は「嫌だ」とまでは思わなかった。

こんなことをされると仕事がやりにくくて困るのに、不快感があるわけではない。

ただ本当に、「困った」と思ってしまう。

人に好感を持たれること自体は嫌ではないし、仕事柄、好かれないとやりにくい部分はある。ましてや琉貴のような美少年に慕われるのは、誇らしい気分になるものだ。

張りぼてのような見た目を好まれているだけだとしても、少しは嬉《うれ》しい。

――いつまで見てるつもりなんだろう。帰り、遅くなってもいいのかな？

気になって仕方がないことを必死に隠し、遥はぎこちない笑顔で仕事に勤《いそ》しむ。

製パンコースのアシスタントは何度もやっているためどうにかやり過ごせるが、意識の一部は確実に毟《むし》り取《と》られていた。

背中に目がついてしまったかのように、琉貴の視線を捉《とら》え続ける。

少し嬉しく、光栄に思うけれど――これ以上おかしなことになる前に飽きてほしい。

気づいた時にはいなくなっていてくれと、願わずにはいられなかった。

《六》

徳澤琉貴《とくざわるき》が遥《はるか》の出ている授業を見学するようになって、四日目のこと――他の講師から噂《うわさ》を聞いた英二《えいじ》が徳澤倶楽部《くらぶ》にやってきて、遥はオーナー室に呼びだされた。

この部屋に入るのは久しぶりだ。原則として会員を通すことはない部屋なので、女性の目は意識せず、英二が好むシンプルなデザイナーズ家具を中心とした部屋になっている。

「なんだか大変らしいね」

「――はい、すみません」

「スミ先生が悪いわけじゃないだろ?」

「いえ、もしかしたら隙《すき》があったのかもしれません」

呼びだされた瞬間から、何についていわれるのかはわかっていた。

今では色々と後悔している。

琉貴の怪我《けが》の手当てをした時、もしも他の誰かに任せていたら、こんなことにはなっていなかったのだろうか。いまさら考えても遅いが、他のアシスタントに任せるか、事務の人に任せればよかった。

自分が手当てをするにしても、絆創膏《ばんそうこう》を貼《は》る際に掌《てのひら》を舐《な》めたり目を合わせたりといった接触を控えればよかったのだ。琉貴は講師の日之宮《ひのみや》を「迂闊《うかつ》な感じの人」と表現していたが、本当に迂闊なのは日之宮よりも自分だったと遥は思う。

「学校帰りに連日来るとか、凄《すご》い執心ぶりだな」

オーナーの徳澤英二は神妙な顔をしながら、デスクの上で手を返す。

着席するよう促された遥は、デスクの前にあるソファーに浅く腰かけた。

一週間ぶりに会った英二は、琉貴とはそれほど似ていないように見える。

最初に二人を見た時は似ていると感じたので、今そう思うのは、自分の中で徳澤琉貴という人間が強い個性を持ち始めたせいだろう。造形的には、おそらく似ているのだ。

「琉貴から何かいわれた?」

「いいえ、特に何もいわれてません。琉貴くんは授業が終わると帰りますし、声をかける隙はないんです。普通に見学しているとも取れる感じで」

「琉貴くんて呼んでるんだ?」

「あ、はい。先日メールで御報告した通り、包丁で手を切ってしまった際に僕が手当てをしたんです。その時に名前で呼ぶようにいわれました。オーナーと区別するためです」

「そうか……まあ、確かにややこしいからな」

英二は眉《まゆ》を軽く寄せ、困惑気味な表情で笑う。

可愛《かわい》い甥《おい》っ子が、わりと目をかけているゲイの従業員に興味を持っているらしいという困った状況に相応《ふさわ》しい、わかりやすい顔をしていた。いったい何がしたいのかわからない琉貴と比べると、はるかに対応しやすい。

「今日は学校が休みだったから朝から来てたんだって？　それかなり凄いよな。アイツ、三コマ分……合計六時間近くもずっと立ってたんだろ？」

「はい、今日は私服姿で一日中立ってました。さすがに声をかけようと思ったんですが、授業が終わると姿を消して、次の授業が始まるとまた現れるんです」

「他の先生から聞いたところによると、琉貴が見学してるのはスミ先生がアシスタントをやってる教室だけらしいし、先生の姿を見るのが目的なんだろうな。アシスタントの時はともかく、講師の時に見てられたら困るだろ？　集中できないよな？」

「そうですね。本当はギャラリーを気にせずに普通にできなきゃ駄目《だめ》なんでしょうけど、たぶん気になってしまうと思います」

「そりゃ気になって当然だ。かといってカーテン閉じて見えなくするのも露骨だし、あの年頃は大人に反対されるとかえって盛り上がったりするからな。覗《のぞ》くのに飽きるまで放置するのがいいかなと思ってる。スミ先生としてはどうしたい？」

「それでいいと思います。特に何かいってきているわけでもないのに先走って拒絶めいたことをすると琉貴くんのプライドを傷つけると思いますし……ただ単に料理を覚えようと熱心なだけかもしれません」

それはないだろうな――と思いながらも、遥は謙虚な姿勢を見せる。

同性に惚《ほ》れられ慣れた、ナルシシストと思われるのは嫌だった。

しかし実際のところ、琉貴が見ているのは確実に自分だ。

徳澤倶楽部の二階には料理用の教室が三つ連なっていて、どれも廊下に面した窓ガラスから覗ける構造になっているが、今日琉貴が覗いていたのはA教室、B教室、A教室の順だった。A、B、Cの三教室を同時に使用していた時間帯があったにもかかわらず、遥がいる教室だけを見ていたのだ。

「美人は大変だな。大人のストーカーも怖いけど、雇用者の甥っ子が相手ってのもかなり気苦労だろ？　特別扱いしないでっていったってそう割りきれるものじゃないだろうし。気晴らしに今夜あたり食事でもどう？」

「……え？」

「たまには余所《よそ》の店で旨《うま》い肉でも食べようか。スミ先生の好きな、イチボの上物をレアで出す店を見つけたんだ。甥が迷惑《めいわく》かけてるお詫《わ》びに御馳走《ごちそう》させてよ」

「イチボのレア肉……いいですね」

牛肉の中でも特に好きな部位の名前を出され、遥は苦笑する。

英二との間には、ゲイだということ以外にもう一つ共通の秘密があった。

「スミ先生、草食の顔して肉食だからね」

「オーナーほどじゃないです。大豆も好きですし」

「豆腐料理もいいね。それなら僕の店が一番だ。でもそれは次回にしよう」

そういって笑う英二は年季の入った糖質制限者で、遥も同じだった。

糖質を制限するということは、米はもちろん、麺類《めんるい》やパンを始めとする小麦粉を使った全食品、果物や菓子類、根菜やアルコールを極力口にしないということだ。

英二も遥も、仕事上必要な時は素知らぬ顔でなんでも食べるものの、プライベートでは肉と魚と鶏卵《けいらん》とチーズ、大豆食品と葉物野菜、そして良質なオイルを摂取し、どうしてもパンが食べたい時はブランパンを自分で焼いていた。

同様に甘いものが食べたい時は、栄養として吸収されない天然の甘味料を使った菓子を作っている。二人とも料理の腕があるだけに、特に不自由はしていなかった。

しかし他言は無用で、日本人として、「なんでもバランスよく食べましょう」といった優等生的発言を望まれる料理研究家や調理師としては、秘匿《ひとく》せざるを得ない主義だ。

　特に、日本の食生活を支える米農家の誇りを傷つけたり、日本人の大半が愛する米そのものを否定したりすることに繋《つな》がるうえに、危険性を提唱する人もそれなりにいるため、自分にとってどんなによい結果を齎《もたら》す食生活だとしても公にはできない。

「どうかな？　忙しかったら無理にとはいわないけど、付き合ってくれると嬉《うれ》しいな」

「お詫びとかじゃなく、食欲に任せてお言葉に甘えます。最近は鶏のササミや豚のモモ肉ばかり食べてたんで、美味《おい》しい牛肉をいただきたいです」

「よかった。先生やっぱり肉食だよね？」

「オーナーこそ、三食お肉でしょう？」

「僕は如何《いか》にもだからいいんだよ」

　愉快げに笑う英二の顔を見ていると、琉貴の視線によって齎された緊張や不安が解《ほぐ》れるようだった。

　英二は一回りも年上で、明るく爽《さわ》やかでありながらも落ち着いた雰囲気を持つ人だ。ゲイであることも糖質制限者であることも隠す必要がないうえに、遥は体格的に英二の好みから外れているため、余計な心配をしなくて済む。中学生と比べるのは実に愚かしい話だが、彼といると心が穏やかに凪《な》いできて、本当に楽だと思った。

生で摂取するのが望ましい亜麻仁油《あまに》を使ったサラダと、生肉に限りなく近い上質なレアステーキ、ハーフサイズのタンシチューに舌鼓を打った遥は、コースについてくるパンもアイスクリームも断り、アルコールも摂《と》らずに烏龍茶《ウーロンちゃ》を飲んだ。

英二が口にしたのもほぼ同じ内容だ。お互い仕事で糖質過多の食事を摂らざるを得ないことが間々あるため、プライベートでは食の愉《たの》しみよりも健康を重視している。

刹那《せつな》の快楽に身を任せた結果、病気を患って命懸けの食事制限をする破目になったら、その後の人生で食を愉しめる機会を失うことになるからだ。

しかし最低限のマナーは守らなければならない。

出されたものを残すのは料理に携わる人間としてできないため、何が出てくる予定かを事前に調べておくなり訊《き》くなりして、「すみません、少し食べてしまったあとなので」と嘘《うそ》をつきつつ、ライスやパン、食後のスイーツを予《あらかじ》めキャンセルしておく。

料金は変わらないので嫌な顔をされることはないが、安い店や混《こ》んでいる店では特殊なオーダーというだけで嫌がられるので、最初から単品で注文するようにしていた。

「空前の糖質制限ブームだっていうのに、肩身が狭いよな」

食事を終えて車に乗り込んだ英二は、他人に聞かれては困る話を切りだす。

店内では食事制限のことや琉貴のことは口にせずに、話題の中心は最近落札した肉牛や新しく契約した野菜農家の話など、仕事に絡むことばかりだった。

いつも自宅まで送ってもらう遥は、助手席に座ってシートベルトを締める。

たとえ個室の店であっても、外では無難なことしか話さないあたりも、大人として……そして有名人として自分の立場をよく弁《わきま》えているようで、そんな英二のことを好ましいと思っていた。自分には気を許して本心を語ってくれるところも心地《ここち》好く、信頼されていることが嬉しい。

「僕達の立場だと、『糖質はやや控えめにしています』くらいが精々でしょうか？」

「そうだね、今の御時世ならそれくらいはいえるかな。いや、でもやっぱり僕は一切触れないでおこう。ちょっとした発言で悲しい気持ちになる人もいるだろうし」

「仕事上お付き合いのある米農家もありますからね」

「そうそう、お米ね……ほんとは大好きなんだよ。旨いイクラとか明太子《めんたいこ》とか手に入ると炊き立て御飯が食べたくて禁断症状起こしそうになるね」

「それでも炊かずに、お豆腐を温めて白米代わりにするんですよね？」

「そう、抜群に旨い湯葉でもいいね。あーでもやっぱり駄目、そこは御飯じゃないと」

ハンドルを掌でパシパシと叩《たた》きながら笑う英二の横で、遥も軽く吹きつつ笑う。

糖質を摂らずにいると、高カロリーな脂質を摂っていても太らないことや、体調が頗《すこぶ》るよいこと、疲れにくいことに加え、蛋白質《たんぱくしつ》やアミノ酸の摂取量が増えることによって髪や肌を艶々《つやつや》と保つことができるのだが——やはり日本人として、時にはアツアツの炊き立て御飯が食べたくなる。

「スミ先生と一緒にいると楽しいな。なんたって自然体でいられて楽だし」

「——そう、ですか？　よかった」

一緒にいると楽しいという言葉に、遥の胸はたちまち躍る。

見た目はいいけど中身が地味で面白味がないといわれたり思われたり、そういう理由で浮気をされることが多かった遥にとって、燦然《さんぜん》と輝く勲章のような言葉だった。

「琉貴のことで迷惑かけて申し訳ないけど、とりあえずスルーして……どうにかよろしく頼むよ。僕がゲイだってことを兄だけは知っていて嫌がってるもんで、今の琉貴の行動が兄の……つまり琉貴の父親の耳に入ると、間違いなく退会させられると思うんだ。理由はどうあれせっかく料理に興味を持ったのに、そうなったら残念だからさ」

「はい……」

琉貴の話題が出ると、遥は否応《いやおう》なく気落ちする。

彼の好意や行動のせいで、現状とても困っているのは確かだ。

「スミ先生は美人だし優しいし、琉貴が触れてこなかったタイプかもしれない」

「……え？　あ……琉貴くんのお母様は、どういう感じの方なんですか？」

「兄の大学の後輩で、結構なお嬢様。キビキビした才色兼備の女医なんだけど、とにかく仕事人間でね……もちろん琉貴のことは自慢に思ってるし可愛がってるけど、出来がいい息子だけに、安心し過ぎてる感はあるかもしれない。両親ともそんな調子だから、琉貴はそつなく熟《こな》すばかりで甘え下手なところがある気がする」

「そうだったんですか……オーナーには懐《なつ》いてるように見えましたけど」

「うーん、どうだろう。なんかこう、壁とまではいわないけど、ベールを一枚挟まれてる感じがするよ」

運転しながら肩を窄《すぼ》めた英二は、そのまま黙って前を向いた。

遥もそれ以上話すことはなく、明日はどうなるのかと……そればかりが気になる。

来週には琉貴が受講している初心者コースの二回目があり、面と向かって顔を合わせることになるはずだ。その頃には飽きられているといいのだが、それはそれで傷つきそうな自分がいて、身勝手な話だなと思ったりする。

「――じゃあ、色々あるけどよろしく」

マンションの前で車を停《と》めた英二は、ドアを開けた遥に向かってそういった。

主に琉貴のことを指して「色々」といっているのだろう。なんとも微妙な笑顔だ。

「はい……どうにか頑張《がんば》ってみます」

「何かあったらすぐ相談して。あと、今夜は冷えるからいつもみたいな見送りはいいよ。風邪でも引いたらいけないからね」

「ありがとうございます。オーナーも気をつけてください」

さらに食事の礼をいった遥は、結局いつも通り彼を見送った。

マンションのエントランスに立って、車が見えなくなるまで見届ける。

やれやれと思われたかもしれないが、送ってもらった立場としては、見えなくなるまで見届けて、最後に会釈をするか手を振るのが最低限のマナーだと思っていた。

色っぽいことは何もない、趣味の合う雇用主との健全な食事——後ろ暗いところはないはずなのに、軽く振った手が痺《しび》れるような罪悪感があった。

子供だからという理由で、ガラスの向こうで何時間も立って見ていることしかできない琉貴の気持ちに同調してしまう。

彼の叔父と大人の時間を過ごしたことに、罪の意識が働いた。

もしも自分が琉貴の立場だったら、きっと悔しいだろう。

置いていかれたような、淋《さみ》しい気持ちになるはずだ。

──オーナーに……今付き合ってる人いるのかなとか、考えてしまった。

一緒にいると楽しいといわれて、彼の現在の交際状況はどうなのかと考え、これまでは想像しなかった新たな関係をイメージした遥は、それに対しても罪の意識を覚える。

英二とキスをしたり、抱かれたりする自分を想像しても違和感や抵抗感はなく、英二となら上手《うま》くやっていける気がした。

彼は世界的な有名人で、家柄がよく経済力もある。いくら気が合うとはいえ分不相応な相手なのに、何故《なぜ》か卑屈《ひくつ》な気分にはならずに済んだ。それはおそらく彼の性格や気遣《きづか》いのおかげであり、相性がいいということでもある。もちろん彼にその気があればの話だが、英二と交際することを想像すると、琉貴の存在以外に問題点は見つからなかった。

「……先生」

「──ッ！」

鍵《かぎ》を手にエントランスの自動ドアを開けようとした遥は、物陰から出てきた細身の男に声をかけられる。

見知らぬ人間にあとをつけられた経験が何度かあったため、一瞬にして身構えた。

突然の危機に心臓が軋《きし》み、ドクンッと大きく爆《は》ぜる。

「──っ、あ……」

念のため持っている防犯笛はどこに入れただろうかと、そんなことを考えているうちにシルエットが明らかになった。

小柄だが、手足が長く均整の取れたしなやかな体。小さく整った顔の中で、きららかに光っている印象的な黒い瞳《ひとみ》。明らかに見覚えがあるその姿は、薄闇《うすやみ》の中に立っているにもかかわらず際立っていた。

「る、琉貴くん……!」

たった今まで琉貴の話をしていた遥だったが、それでも思いがけない出来事だった。

時刻は午後十時過ぎ。ここはスクールからだいぶ離れたマンションだ。

何より講師の住所は秘匿されているため、オーナーの甥とはいえ知るはずがない。あとをつけるにしても今夜は寄り道していたし、昨日までに自宅を突き止められたと考えるのも不自然だ。同じバスに乗らなければ不可能であり、もしも琉貴がそんなことをしていたら必ず気づく。

「先生、こんばんは」

「──っ、こんばんは……あの、どうしてここに?」

私服姿で植え込みの陰に立っていた琉貴が、丸く膨らむ白い息と共に迫ってくる。

思わず一歩引きそうになりながらも、遥は歯を食い縛って耐えた。

これまで自分のあとをつけてきた男達とは違い、彼は身元がはっきりしている中学生の子供だ。そしてここは、夜間でもそれなりに人の出入りがある世帯数の多いマンションのエントランスで、危険なことは何もない――そういった身の安全にかかわる計算ができていても、一度爆ぜた心臓はなかなか落ち着かなかった。

「先生が叔父の車に乗るのを見て、タクシーで追いかけようと思ったけど捕まらなくて」

どことなく責め口調でいわれ、遥はますます混乱した。

人のあとをつけたり待ち伏せしたり、自宅を突き止めたり。どれも普通の感覚では犯罪に近い行為のはずだが、琉貴にそういった意識はないように思える。

中学生がタクシーを使うのが当たり前とも思えず、まったく理解が及ばなかった。

動揺して何をいったらよいかわからなくなり、我ながら情けないと思うが、機敏《きびん》に立ち回ることも大人らしく堂々と叱《しか》ることもできずに立ち尽くす。

「勝手にマンションまで来たりして、すみません」

「――っ、あ……うん」

遥の動揺を読み取ったのか、琉貴は謝罪の言葉を口にしてぺこりと頭を下げた。

悪びれなかったり責め口調だったり、そうかと思えば素直に謝ったりと、摑《つか》み所《どころ》がない琉貴にかける言葉が見つからなかった遥は、彼が着ている服に目を留《と》める。

四月の四週目も終わろうとしている今日は、寒の戻りで真冬のように寒く、遥は裏ボア仕様の冬物のコートを着ていた。

それでも手足が冷えるくらいなのに、琉貴の上着は大人びたデザインの黒いロングジャケットのみで、見るからに寒そうだ。若いので耐えられるのかもしれないが、長時間夜の屋外で待っていたのだとしたら、きっと冷えきっているだろう。

「あの……寒くない？」

「——寒いです」

「よかったら、うちに来る？　珈琲《コーヒー》とか……あ、紅茶もあるし、あとはホットミルクとか何か温かいものを用意するけど」

「いいんですか？」

琉貴の瞳がきらりと光ったように見え、遥は自身の胸に「いいわけがない」と返す。

ストーカー紛《まが》いのことをする見境のない子供を部屋に誘うなんて、言語道断だ。

そのうえ職場の外ということもあり、喋《しゃべ》りかたが砕けたものになっていた。

硬い口調をやめたうえに家に入れるなんて間違いなく判断ミスだとわかっていながら、何故そうしてしまうのか。自分でもつくづく愚かだと思うが、一度いいだした以上、踏み止《とど》まることはできなかった。

小さな体が冷えきって真っ白い息を吐くのを目にしながら、突き放すのは難しい。

明らかに喜んでいる少年らしい表情を見ると、それだけで彼を温めてあげられた気分になって、遥自身もほっと胸を撫《な》で下《お》ろすことができた。


エレベーターで居室のある四階に向かう間、遥も琉貴も何も話さなかった。

四階で降りて部屋に向かうと、遥の心臓はまたしても騒ぎだす。

自分に好意を持つ大人の男を部屋に入れる場合は、もちろんそれなりの覚悟をするが、今は違う覚悟が必要だということに気づいた。

夜の十時以降に、未成年者を保護者の許可なく自宅に招いていいものだろうか……と、現実的な問題に直面する。昨今、悪意のないほんのちょっとした気の緩みが原因で普通の人間が犯罪者扱いされる可能性は、十分あるのだ。

今頃もし、彼の両親が息子を捜し回っていたとしたら、あとあと未成年者略取誘拐罪《りゃくしゅゆうかいざい》に問われる危険がゼロとはいえない。やはり英二に連絡すべきなのかもしれない。

「先生の部屋、ここですよね？」

表札を出していない四一二号室の前で足を止めた琉貴は、眩《まぶ》しいほど瞳を輝かせる。

何故知っているのかと目で問うと、「三日前にタクシーでバスを追いかけて、先生がこの部屋に入るのを一階から見てました」と、誇らしげに答えられた。

「あとをつけたりとか、よくないことだよ」

「はい、すみません」

「悪いと思ってなさそうだね」

「いえ、すみません」

琉貴の謝罪は口だけだとわかったが、本気で怒ることはできなかった。

相手が大人だったら許せない行為も、十五歳の折り目正しい少年なら許せてしまう。

危害を加える気などなく、ただ純粋に……好きだと思ったり興味を持ったりしたことに真《ま》っ直《す》ぐ向かってしまっているだけなのだろう。

かつては自分にも、そういう甘酸っぱい青春時代があった。

琉貴ほどの行動力も経済力もなかったが、憧《あこが》れていた先輩と同じ電車に乗りたくて……毎朝駅前のコンビニで時間を潰《つぶ》し、電車を何本も見送ったことがある。

カーブでの揺れや混雑に乗じて腕を触れ合わせたり、彼が聴いている曲をチェックして同じCDを探し回ったり。そういう淡いときめきまですべてストーカー行為として悪質なものと決めつけたら、恋なんてできなくなってしまう。

「もう十時過ぎてるけど、御両親に連絡した？」

「はい、料理講師の先生の家を訪問するから遅くなるっていっておきました」

「……え？　そんなに正直に話したんだ？　大丈夫だった？　何かいわれなかった？」

「珍しく母親が早く帰っていて、お菓子を買っていきなさいといわれただけです。あと、うろうろしないで帰りは先生の家の前からタクシーに乗りなさいといわれました」

ドアの前で淡々と答えた琉貴は、小さな紙袋をスッと差しだしてくる。

緊張していたせいでまるで目に入っていなかったが、よくよく見れば老舗《しにせ》の和菓子屋の黒い紙袋を手にしていた。

「玄関先ですみません。よかったら食べてください」

「あ、ありがとう」

琉貴も変わっているが、親も変わった人なのか――常識的なのか非常識なのかどうにも判別しにくい印象を受けた遥は、紙袋を受け取ってから玄関ドアを開けた。

琉貴が母親に行き先を告げてあるなら、少なくとも犯罪者扱いされずに済む。

英二に連絡するかどうか迷った末に、今日のところはしないでおくことに決めた。

「何か温かいものを用意するけど、何がいい？」

「先生が飲みたいものと同じでいいです」

「——珈琲飲める?」

1DKの部屋に通した遥の問いに、琉貴は「大丈夫です」と即答した。

飲めますでも好きですでもなく、「大丈夫です」と答えるあたり、飲み慣れていないと察した遥は、「やっぱり緑茶にするね」といって、「緑茶は好き?」と一応確認する。

「好きですけど、珈琲でも大丈夫ですよ」

「ううん、和菓子をいただいたし緑茶にするよ。お持たせで悪いけど食べていって。あ、寒いから炬燵《こたつ》にどうぞ。今スイッチ入れるから」

「部屋、綺麗《きれい》にしてるんですね。あっちの部屋って寝室ですか?」

「う……うん。納戸みたいに狭い寝室なんだよ」

「そうなんですか」

遥が炬燵のスイッチを入れている間、琉貴は木の引き戸の向こうを見ていた。

今にも「寝室を見せてください」といいだしそうでひやりとしたが、さすがにそれはいえない様子で、未練を滲《にじ》ませながらも黙って立っている。

タクシーを使って自宅を突き止めるのはセーフで、部屋に入れてもらったあとに寝室を見せてとせがむのはアウトなのかと思うと、琉貴の中の基準がよくわからなかった。

遥の感覚では、尾行して家を突き止めるのは相当にアウトな行為だ。

「琉貴くん、炬燵もう温かくなってきたよ。入って」

「はい、失礼します」

「ところで怪我はもう大丈夫？」

「全然問題ないです、おかげさまで綺麗に治りました」

「それはよかった。若いから治りが早いのかな？　あ……そのへん洗濯物とか色々積んであるけど気にしないで。テレビとか自由に点《つ》けて寛《くつろ》いでていいからね」

「テレビ？　点けないです、そんなの……勿体《もったい》ない」

琉貴はリビングのラグに座り込むと、炬燵の上にあった除菌用ウェットティッシュのケースに目を留め、「これで手を拭《ふ》いていいですか？」と訊いてきた。

「もちろん、どうぞ御自由に」

礼をいった琉貴は念入りに手を拭きながら、狭い部屋を見渡す。

テレビのリモコンが目の前にあったが、目をくれることすらなかった。

テレビを点けるのが勿体ない——という言葉の意味を遥は理解していたものの、決してときめいたりはしない。

そういう発言を可愛いと思っても、手放しで喜べるほど純粋にはなれなかった。

かつての交際相手は、遥と話していてもつまらないし、間が持たないからとばかりに、セックスの時以外はいつもテレビを点けていた。会話はそこから生まれる程度で、「今度ここ行こうよ」とか「今日の夕飯、こういうの作ってよ」といわれ、その流れでしばらく会話が続き、すぐにまたテレビの音声だけが流れるのがお決まりだった。

——誰だって最初のうちはテレビを点けたりしない。皆だいたい同じパターン。一緒にいるだけで幸せみたいなことをいって目を輝かせて、しばらくすると飽きる。

そんなことを考えていると、不意に英二の顔が浮かんできた。

彼と一緒にいる時の自分は、わりとよく喋り、笑っていると思う。

共感できる話題が多いのと、彼が気を遣ってくれているせいだろう。

しかし仮に英二と交際できたとしても、今と同じように過ごせるとは限らない。

一緒にいる時間が当たり前になれば、相手に飽きたり、つい雑に扱ってしまったりして上手くいかなくなることもある。むしろそうなることのほうが多いのだ。

「——ごめん、お待たせ」

ほどよい温度の緑茶を淹《い》れた遥は、上質な和紙で包まれた最中《もなか》をトレイに載《の》せた。

プライベートでは甘いものを食べない主義とはいえ、いただきものの場合は失礼がない程度に口にする。消費しやすい朝が望ましいが、琉貴をがっかりさせたくなかったので、目の前で一つだけ食べることにした。

「これ、本当にありがとう。ここの最中は大好きなんだけど、甘いものは一度に少量しか食べられなくて。琉貴くんたくさん食べてくれる？」

「叔父と同じようなことといいますね」

「え、そう？」

「あの人、糖分を……糖質を摂らないようにしてるとかで、テレビでは甘いもの作ったり食べたりしてるくせに、うちに来ると絶対食べない。あとパスタとかピザとかも駄目で、米もパンも麺類もＮＧ。どれも作ってはくれるんだけど。……先生もそうですか？」

英二は兄以外には性癖をカミングアウトしていないはずだが、糖質制限者であることは親族に話していたらしい。そのことを今初めて知った遥は、自分も同じタイプだと認めることにした。

「うん、そうだね。僕も制限してるけど、でもここの最中は本当に好きなんだ。朝は多少摂っても平気だし、毎日一個おめざに美味しくいただくからね」

琉貴を傷つけたくなくて焦った遥は、そそくさと和紙を剝《は》がし、「いただきまーす」とやや高めのテンションで最中にかぶりつく。

久々に口にした香ばしい皮と、上品な甘さの餡《あん》――特に透明感のあるこし餡の甘みは、知らず知らず飢えていた体に染《し》み渡るようだった。

甘いものを食べられる幸せが、体の隅々まで届いて心底満たされる。

長年糖質を控えていても問題はなく、摂らないほうが快調だが、しかし体はこの悦《よろこ》びを求めているのかと思うと疑問が頭を過《よぎ》った。

悦楽に背を向けて得た健康に、どれほどの価値があるのかと考えてしまう。

人生という大局を見て健康に気をつけ、長く食生活を楽しむのは大切なことだが、今を楽しみきれていないのは事実だ。

甘いものは摂らなければ摂らないで不自由しないが、摂ってしまうと「こんな幸せがあったのか」と気づかされ、避けていた時間が悔やまれる。

なんとなく、恋愛と似ている気がした。

恋などしなくても生活はできるし、むしろ心穏やかに過ごすことができるが、恋をした途端、それまでの日々が味気なく思えたりする。幸福感は一時的なもので、すぐに疲労が襲ってくるところも、飽きてしばらく御免《ごめん》だと思うくせに、また味わいたくなるあたりも同じだ。

「先生……凄い、美味しそうな顔してる」

「う、うん……だって凄く美味しい」

「甘いもの、迷惑じゃないですか?」

「大丈夫だよ。幸せそうでしょ？」

「うん、凄いデレ顔」

「は、恥ずかしいな」

琉貴の正面に座っていた遥は、彼と目を見合わせて笑う。

美味しいもの、甘いものは幸せを呼ぶ。本当に、恋に浮かれている時にそっくりだ。

遥は最中一つをちびちびとかじって味わい、食べても食べても太らない年頃の琉貴は、あっという間に三個も平らげた。粒餡、こし餡、白餡の三種類すべてを味わって、とても満足そうだ。

「先生は甘いもの好きなのに、どうして制限するんですか？」

遥は琉貴の問いに答えるかどうか少し迷ったが、英二のこともあって理解がありそうな彼に、自らの食事情を打ち明けることにする。

「高校受験の前に原因不明の体調不良で、やたらと眠いし集中できないし、信じられないくらい肌が荒れてボロボロになってね。いつもぐったりして、ぼーっとしてるし……大学病院に精密検査を受けにいったりもしたんだよ。それでも原因がわからなくて、これじゃ受験に失敗するって酷《ひど》く気落ちして、ますます勉強が手につかなくなったんだ」

「大変だったんですね……その原因が糖質だったとか？」

「それは今でもわからない。自律神経やホルモンのバランスが崩れたとかだったのかもしれないけど……その頃母親が、雑誌で紹介されてた炭水化物抜きダイエットを始めてね。それに付き合わされて糖質を摂らなくなったら急に調子がよくなったんだ。肌も治ったし食後に眠くならなくなって受験勉強が捗《はかど》ったたし、偶然にも僕の体質には合っていたのかもしれない。もちろんそんなにきっちり厳しく制限してるわけじゃなくて、仕事の時とか、友達と美味しいもの食べにいく時とかは普通に食べるんだけどね」

遥はそこまで話すと、再び最中にかじりつく。

迷惑じゃないよ、ちゃんと美味しく食べるよ——と必死にアピールする裏には、琉貴を傷つけたくない気持ちの他に、彼に嫌われたくない気持ちもあった。

「俺、先生の甘いものになりたい」

「——え？」

俯《うつむ》いて最中の和紙を折った琉貴は、おもむろに視線を上げる。

目と目が合った瞬間、空気が変わるのを感じた。

告白めいたことをいわれる時の空気だ。

「害にならない程度に、時々でもいいから食べてほしい」

「……っ」

「それで、凄い美味しそうな顔してほしい」

神妙な顔でいった琉貴は、遥の視線を捉《とら》えたまま微動だにしなかった。

自信家の彼なりに緊張していて、返される答えに怯《おび》えているのが伝わってくる。

計算なのか天然なのかはわからないが、ストレートに「付き合ってほしい」とはいわないところが大人泣かせだと思った。はっきりいってくれれば無理だといえるが、こんないいかたをされると対応に困る。

「……食べられないよ」

大人としていうべきことはいわねばならないと思い、遥は炬燵布団《ぶとん》を握り締める。

傷つけたくない気持ちも嫌われたくない気持ちも、モラルの前には無力だ。

恋をするのは自由だが、行動は法律と常識により制限されている。

「一口でも、害になる？」

「そうだね、琉貴くんは凄く魅力的だと思うけど……今はあまりにも若過ぎて……糖質、高過ぎるかな」

「熟れたら低くなるんだ？」

「あ、理に適《かな》わない変な表現だったね……ごめん」

「俺が十八過ぎてたら、丸ごとペロッと食べてくれた？」

琉貴が口にする「食べる」の意味がどういうものなのか追及しないまま、遥は「今はなんともいえないよ」と答えた。

遥に抱かれたがる男はこれまで一人もいなかったし、琉貴は遥よりも小柄ではあるが、どちらかといえば抱きたがる性格に思える。

性行為に慣れた年上を相手に筆下ろしをすることを「食われる」と捉えて使っている可能性が高いが――抱くか抱かれるかは関係なく、中学生を相手にどうこうできる道理がなかった。未来の約束をすることさえ憚《はばか》られる。

彼は十五歳になったばかりのはずなので、十八歳になるのは三年後。法律の縛りからは解放されるが、未成年者には違いない。身内を傷つけ、反対されて自身も傷つくのが目に見えている同性愛に引きずり込むわけにはいかず、安易に約束などできなかった。

「先生、俺ね……幼稚園の時から受験とかやってきたけど、一度も失敗したことないし、勉強でも体動かすことでも、美術とか音楽とかそういう芸術系のものでも全部、同学年の奴《やつ》に負けたと思ったこと一度もなかった。調理実習では大恥《おおはじ》掻《か》いたけど」

「うん……」

「家は代々医者で金持ちで、家柄もいいと思う。あと顔もスタイルも悪くないと思うし、父親も母親も叔父も背が高いし、俺も手足だけはすでにデカいから……たぶん身長も凄い伸びる。医学部にストレートで受かって、お金に困ることも職に困ることもなく、将来は釣り合う家の美人と結婚して、子供も結構《けっこう》可愛かったりして、他人に羨《うらや》ましがられながら生きていくんだって当たり前に思ってた」

真顔で語る琉貴に、遥は「うん」としかいえなかった。

心の中で思っていても口にするべきではない考えを包み隠さず露《あら》わにしている琉貴は、これにより何かを伝えようとしている。それを察していたので呆《あき》れることはなく、琉貴の場合、誇大妄想でも単なる願望でもないことを遥は改めて感じていた。

徳澤グループに就職してから先、芸能人や資産家の夫人や令嬢など、他人から羨まれる立場の人達をたくさん見てきたが――今ここにいるのは、そういった特別な人々が暮らす世界で生き、極めて大きく羽ばたく予定の少年だ。

美しい蝶《ちょう》に、醜い幼虫や蛹《さなぎ》の時代が必ずあるとは限らない。

彼は最初から蝶なのだ。初めて会った時、美しい蛹だと思ったのは間違いだった。

まだ小さいから自由に舞えないというだけで、すでに蝶の形になっている。

「だから、俺……先生を好きになってショックだった」

「――っ」

「男を好きになるとか、俺の人生にそんな躓《つまず》き、あるはずないって思ったんだ」

琉貴はさきほどまで丁寧《ていねい》に折っていた和紙を、突然くしゃっと握り潰す。

そうして一度息を詰めると、「だから……っ」と、苦しげに声を絞りだした。

「何かの間違いだったらいいと思った。間違いじゃないならすぐ飽きますようにって神様仏様に祈ったし、誰でもいいから女に乗り換えようとか、色々考えた。……けど、寝ても覚めても先生のことばかり考えてるし、先生のこと見たくて足が勝手に倶楽部に向くし、先生のことネタにすると違《い》ってても違ってても止まらないし……っ、俺、完全に無傷で他人に羨ましがられる将来より全然っ、ずっと……先生と一緒にいて他人からホモとかいわれて後ろ指差される将来のが、いいやって思えちゃって」

「それは……っ、それは気の迷いだよ」

出会ったのは二週間前。そういう意味で意識されてからは、おそらくまだ四日程度——そんな短い時間で、十五歳の少年が下した判断にどんな意味があるだろうか。

彼が最初に望んだ通り、すぐにブームが終わって飽きがやってくる。

神仏に祈るまでもなく、来週か来月には飽きている可能性が高いだろう。

それどころか、こうして告白することで急速に熱が冷め、明日の朝には「昨日の俺はなんだったんだ?」と、首を傾《かし》げるかもしれない。

「気の迷いなんかじゃない。俺、無意味に教室を覗いてたわけじゃないんだ。先生のこと見ながら、これから起こることをシミュレーションしてた。いいことも悪いことも全部」

「琉貴くん……好意を持ってくれたことはありがたいけど、もうやめてほしい。この話は終わりにしよう。時間も遅いし、近くのタクシー会社に電話して来てもらおう」

「先生！」

　遥が立ち上がろうとすると、琉貴はぐわりと手首を摑んでくる。

　握り潰した和紙が掌にくっついていたために、それが肌に当たった。小さな紙の尖《とが》りが食い込んで痛かったが、琉貴は気づいていない様子でさらに強く握り締めてくる。

「見た目だけよくて味気ないような、そんな将来どうでもいいんだ！　凄いしょっぱくてガツンと塩が効いてたり歯が浮くほど甘かったり、そういう人生がいいって思う。先生と一緒なら波瀾《はらん》万丈でもいい。世界中を敵に回しても絶対楽しい！」

　輝く瞳を向けられると、眩しくて目がどうにかなりそうだった。

　歳《とし》の差が今の半分程度で、自分が女性だったなら——年下の情熱的な男の子に迫られて胸が弾んだかもしれないし、地に足のついた形で悩んだり迷ったりできただろう。

　しかし自分は男だ。そのうえ十も違う社会人で、悩むことさえ許されない。

「ごめん……君が楽しくても、僕は楽しくない」

「——っ、先生！」

「好意があるなら余計に、相手を困らせるようなことをすべきじゃないと思うんだ。色々考えてくれてるのはわかるけど、正直とても困るし……楽しむことなんてできない」

昂《たかぶ》る感情と冷静さの中で、遥は極力厳しい言葉を、可能な限り柔らかくぶつける。

冗談ではなく真剣に想《おも》ってくれているのはわかるが、それは今この瞬間限定のもの……恋愛感情が続くかどうかなど大人でもわからず、結婚式を挙げて子供まで作っても別れる夫婦があとを絶たないのに、恋して数日の中学生の言葉を信じられる道理がなかった。

「タクシー呼ぶから、放してもらっていいかな？　手首、少し痛いし」

遥が痛みの表情を見せながらいうと、琉貴は慌てて手を放した。

炬燵の上に転がり落ちた和紙の袋に気づくなり、「すみませんっ」と声を上げる。

彼から離れて携帯電話を手にした遥は、タクシー会社の検索サイトを開き、近所にある会社に電話をかけた。十五分ほどで行けるといわれ、それを琉貴に伝える。

「――また来ても、いいですか？」

琉貴は帰ることに承諾した様子だったが、悲しそうな目で訊いてきた。

判決を待つ罪人さながらの表情を見ると、「駄目だよ」とはいいにくい。

しかし大人としてははっきりいうべきだと判断した遥は、強張《こわば》る唇を開いた。

「駄目だよ。あと、授業を覗くのもやめてほしい」

人に向かって拒絶めいたことをいうのは苦手で、いったそばから「ごめんね」だの「たまにならいいよ」だのといいたくなる。

きつい言葉を曖昧《あいまい》に濁して和らげ、相手のことを傷つけないように、そして自分自身も傷つかないように、あとづけのソフトな言葉でフォローしたくてたまらなかった。

「他の生徒さんの迷惑になるし、僕も気になって仕方ないんだ」

本当にいいたい言葉を呑《の》み込んで突き放した遥の前で、琉貴は「はい」と答える。

さきほどとは違い、それほど悲しそうな目ではなかった。

叱られたことで瞬間的な恋が冷めたのかと思うと、ほっとしたり淋しくなったり、遥の心は浮き沈みを繰り返す。

「毎日教室を覗いてること、先生に気にしてもらえてたならよかった。凄いスルースキルだなって思ってたから」

「琉貴くん……」

「ここに来るなっていわれたら来られないけど、授業を覗くのは自由ですよね？　外から見学できるようになってるのに見られて仕事が手につかないんだとしたら、それはプロである先生の拙《つたな》さだ」

「それは……っ」

正論をぶつけられて言葉を失った遥は、時計の針が速く動いて、タクシーが到着する時間が来てくれることを願う。

純粋な好意を向けてくれる少年を拒絶することも、厳しい言葉を浴びせられることも、棘《とげ》のあるすべての会話が苦手だった。

「歳の離れた友達からでいいです。友達として、またここに来させてください。帰宅後は疲れてるだろうし、先生はマイペースに好きなことをしてていいんです。俺は先生の部屋で先生のそばにいるだけで幸せだから、今はそれだけで十分。構ってもらえなくても本当にいいんだ。自然体の先生を眺めていたい」

「――友達は、そういうことといわないよ」

「じゃあ、こういうことというのは今夜限りにします。友達として来てもいいですか？」

それを許すのは危険だけれど、許せばつらい会話は終わる。

そして彼は教室を覗くのをやめてくれるかもしれない――そう思うと、すぐに拒否することはできなかった。

教室を覗かないという条件つきで許すべきなのか、それともまず英二に相談すべきか、迷った遥は携帯の画面に目を向けて、いつしか進んでいた時間に助けられる。

今は結論を出すよりも、とにかく早く逃げだしたかった。

「そろそろ下に行こう」

「先生、まだ答えを聞いてない」

「琉貴くんが十八歳になったら友達になるよ。今は無理。申し訳ないけど」

逃げることを許してくれない琉貴に、遥は暫定の結論をぶつける。

やはり家に上げるのはまずいと判断したのだ。暫定だが、おそらくこれで決まりだ。

また悲しそうな目を見るのが嫌で、先に玄関へと急ぐ。

振り向かずに、「車を待たせちゃ悪いから早くしないと」と声をかけた。

しばらくして、「……はい」と返事が聞こえてくる。酷く消沈気味な声だった。

背中に漆黒《しっこく》のコールタールを塗りつけられるような念を感じながらも、遥は靴を履いて琉貴を待つ。

思いきって振り返ると、琉貴が玄関に向かって歩いてきた。

本来なら機敏に動けるはずの体を鈍重に動かした彼は、すべてが不本意だといいたげな態度で玄関まで来る。やはりのろのろと靴を履き、「先生、俺……」と口火を切った。

「諦《あきら》めませんから」

宣戦布告とばかりにいい切られた遥は、何もいえずに息を詰める。

ごくりと鳴った喉《のど》の音が、狭く静かな玄関に響いた気がした。

何かいわなくてはと思っても、凛々《りり》しい眉の下の瞳に射貫《いぬ》かれると声が出ない。

自分はとても価値のある素晴らしい宝石を、真贋《しんがん》を見極める目を持たずに偽物だと決めつけ、傷つけた挙げ句に捨てようとしているのかもしれない。

これほど眩《まばゆ》い宝石を手にしたことがないからその真価がわからずに、身につける勇気も度胸もなくて——宝石は正真正銘の輝きを放っているのに、垢《あか》に塗《まみ》れた大人の手で偽物のレッテルを貼りつけてしまったのではないだろうか。

「来週、僕の授業で会おう。出てくれるよね？」

裏返りそうな声を必死に抑えていった遥に、琉貴はたちまち表情を変えた。

白い歯列が見えるほどの笑顔を見せ、「もちろん出ます」と答える。

整った小さな顔は、思いきり笑っても美少年のままだ。

本当に眩しくて、可愛いと思った。

許されるものならぎゅっと抱き締め、「ごめんね」と謝りたくてたまらなくなる。

——上質な甘いものを……たくさん摂ったみたいな幸福感と、罪悪感……。

甘いものは美味しくて……一瞬疲れが吹き飛ぶけれど、しかしあとから確実に疲労感がやってくる。それは自分にとって禁断の味——口にしてはいけない毒だ。

《七》

住之江《すみのえ》遥《はるか》のマンションからタクシーで帰宅した琉貴《るき》は、自宅前で小さめの白いセダンと鉢合わせになった。釣《つ》り銭《せん》を受け取ってタクシーから降りると同時に、車を運転していた母親が「琉貴ー」と、嬉《うれ》しそうに声をかけてくる。

「ただいま……っていうか、おかえり」

「ただいま。学校休みなのに出かけてたの？　随分《ずいぶん》遅くない？」

女医らしく髪をきっちりと纏《まと》め、しかしそれなりに華やかに見えるよう夜会巻きにしている長身美人の母親は、化粧っ気がほとんどなくてもしっかり化粧をしているように見える派手顔の持ち主だ。

今は春物のメンズライクなコートを着ているが、白衣姿はもっと様になる。

琉貴は父親似ではあるが彫りの深い母親の遺伝もあって、「ハーフかクオーター？」と訊《き》かれることがよくあった。実際には母親がクオーターなので、異国の血は薄い。

「図書館の帰りに友達とカフェで勉強してた」

「あらいいわねぇ、ママの知ってる人？」

「ううん、最近仲よくなった人。今度話すよ」

母親はとにかく仕事熱心な人なので、「今度話すよ」といえば大抵の話は終わる。

自分から質問しておきながらも、腰を据えてじっくりと聞く気もなければ時間的余裕もないのだ。

「遅くなるのはいいけど、ガラの悪い人がいる店には入っちゃ駄目《だめ》よ。落ち着いた大人が入るような店にしなさい。それと繁華街をうろつくのも駄目。お友達の家に行く時はいいお菓子を持っていくようにして、常識的な時間に失礼するのよ」

「うん、わかってる」

「日が落ちたら誘拐とか怖いから必ずタクシーに乗ってよ。もし運転の乱暴な人だったら適当に理由をつけて明るい通りで降りること。それで別のタクシーを拾うのよ。事故でも起こされたらたまったもんじゃないんだから」

「――うん」

「可愛《かわい》い一人息子だし、ほんとは縄でもつけときたいわ」

そういって背中を押してくる母親と共に、琉貴は玄関に向かう。

息子の背中に触れたというだけで上機嫌《じょうきげん》な母親に、肩まで抱かれた。

口ばかりで放任主義な母親に対して思うところがないといえば嘘《うそ》になるが、仕事熱心で患者のためなら夜中でも飛びだしていくところや、そのために小回りの利《き》く車を愛用しているところ、忙しくてもまめに美容院に行って綺麗《きれい》にしているあたりは好きだった。

父親も、仕事人間のうえに暇さえあれば医療関係者や友人とゴルフに行ってしまうが、結婚記念日や家族の誕生日を忘れないまめさはあり、背が高く見た目がいい。十分自慢に思える父親だった。

「お小遣《こづか》い足りてる？　手を洗う前に渡そうか？」

「うん、もらう」

琉貴は玄関脇の洗面台の前に立ち、母親が財布を出すのと同時に自分の財布を開く。

月々の小遣いは決まっておらず、顔を合わせると一万や二万をぽんとくれるが、今夜は本当に機嫌がいいようだった。いきなり五万も渡される。

「こんなにいいの？」

「琉貴は悪いことやくだらない遊びに使ったりしないでしょ。変なトラブルに巻き込まれないよう、安全に過ごすためのお金だと思って有効に使ってちょうだい」

「うん、ありがとう……ママ」

小学校高学年くらいから、母親がどんなに嫌がっても「お母さん」と呼ぶようにしていた琉貴は、あえて「ママ」と、母親自身が望む呼びかたで呼んだ。

少しばかり後ろ暗い気持ちがあるからそうした琉貴に対して、母親はますます上機嫌になって笑う。将来、嫁の顔も孫の顔も見られなくなったとも知らずに、本当に嬉しそうに笑っていた。


入浴を済ませて自室に籠《こも》った琉貴は、ベッドに座ってドアの鍵《かぎ》を見る。確かに施錠されていることを確認してから、学校指定の鞄《かばん》を開けた。中には、左右を揃《そろ》えてくるくると丸められた靴下が入っている。

——人のもの盗むとか、初めてだ。

それなりに使用感がある黒い靴下が、ビターチョコ味のロールケーキに見えた。素材は明らかに綿だったが、琉貴の指にはビクーニャの毛布の手触りに感じられる。よく見ると白い小さな毛玉がいくつかついており、夜空に瞬《またた》く星々を連想させた。顔を近づけると爽《さわ》やかなマリン系の柔軟剤の匂《にお》いがして、宇宙から一気に地球に降りてグレートバリアリーフにダイブした気分になる。

目がおかしい、手もおかしい。五感がどれもおかしいけれど……靴下一つ盗んだだけでこんなに幸せになっているのは事実だ。

本当は一緒に積まれていたグレーのボクサーパンツが欲しかったが、下着がなくなると警戒されると思って我慢した。

靴下は同じものが三足あったので、一足なくなっていても「あれ?」と思うくらいで、おそらく気のせいで済まされるだろう。そうなることを願っている。

危険な奴《やつ》だとか変態だとか思われたくない。嫌われたくない。

すでに迷惑をかけているのも困らせているのもわかっているが、それは決して本意ではなかった。そうなってしまっただけのことで、本当は自慢の恋人になりたい。

「先生……」

絶対に高価値な男になるから、俺を信じて青田買《あおたが》いしてよ——心底そう思う。

美人で料理上手なうえに叔父《おじ》と仲がいいなら、男を見る目が厳しくなるのはわかる。

叔父の徳澤英二《とくざわえいじ》は、見た目も性格もよく商才もある、芸能人のような青年実業家だ。

料理本の世界的大ヒットにより、勘当《かんどう》されながらも一族の誰より稼ぎがいい。

そして何より、遥と話が合うであろう料理研究家だ。

そんな気の合う好条件の男がそばにいたら、中学生など目に入らなくて当然だろうが、十年経《た》ったら自分は二十五歳。そして叔父は四十七——これから男盛りを迎える自分と、老化していく叔父と、どちらがいいかなんて目に見えている。

――十年は俺にはメチャクチャ長いけど……でも大人になると時間の流れを早く感じるものなんだろ？　先生にとっての十年はそんなに長くないってことだよな。それならすぐ俺のがよくなる。若いって、それだけで価値あるじゃん。

今はそれ以外に勝てるところがないけれど……これからもっともっと他の価値をつけて立派な男になるから、だから自分を選んでほしい。何より、好きだと思う気持ちなら今の時点で誰にも負けない自信がある。

「ン……ゥ……ッ」

パジャマ姿でベッドに仰向けになった琉貴は、遥の靴下の片方を口にくわえた。

そうしてもう片方の口ゴム部に右手を突っ込み、それを股間《こかん》に持っていく。

黒い蛇《へび》となったそれをうねうねと動かしながら、遥の足を妄想した。

すでに張り詰めている雄が、若さを象徴している。

遥の爪先《つまさき》にキスをして指の間を舐《な》め回す妄想と、遥の足で股間の昂《たかぶ》りを撫《な》で回される足コキ妄想をドッキングさせると、ぐっと迫《せ》り上がるものがあった。

「……ゥ、ン……」

琉貴は右手を艶《なま》めかしく動かし、口にくわえた靴下を噛《か》む。

あの清楚《せいそ》な人が、裸《はだか》になっていやらしいことをしている姿が見たい。

淫乱《いんらん》女教師もののAV風に、「先生が教えてあげる」なんていって、年上ぶったり子供扱いしたり、上から目線で「もう達《い》ったの？」なんて、くすっと嘲笑《ちょうしょう》してもいい。

人に笑われたり馬鹿《ばか》にされたりするのは大嫌いなのに、遥が相手だと興奮する。

彼の気を引ける自分のチャームポイントが若さだとか可愛さだとか未熟さであるなら、そのすべてを餌《えさ》にしてあの人を釣り上げるのに――。

あの人は、自分のどこを好きになってくれているだろう。

多少でもいいと思うところを強調して、念入りにアピールしたい。

手段なんてどうでもいい。正攻法ではなくても、結末が望み通りならすべて正義だ。

なんでもいいから自分のものにしたい。あの人の心も体も独占したい。

どこの何様になるよりも、あの人の彼氏になりたくてたまらない。

――先生……俺、結婚もしないし子供も作らないし、親を泣かせると思うけど……でも先生のことは幸せにするよ。俺は医者になるから、叔父さんみたいに印税ガッポリとかは無理だとしても、ちゃんと稼げる男になる。叔父さんより頼もしくなるよ。

叔父は遥を見たくて何時間も立ち続けたりしないし、靴下を盗んだりもしない。

そういうことがしたくて、馬鹿だと思いつつも止《や》められない衝動を抱えていないということは、好きという気持ちが足りないということだ。

ネット上の噂《うわさ》に過ぎないが、叔父が一部でゲイ扱いされていることは知っていた。女性相手の仕事をしているわりに彼女を連れてきたことがなく、琉貴の母親が「いい人がいるわよ」というと、何故《なぜ》か叔父が返事をする前に父親が割り込んで、「余計なお世話だからやめなさい」と、母親を不機嫌顔で止めたりする。

そんなことが何度かあったので、もしやと思っていたが、おそらく間違いないだろう。遥を送り届けてきた時の雰囲気からして、叔父は遥のことが好きなのだ。

——駄目だよ、先生……っ、俺のが……好きだよ……！

琉貴は靴下を被《かぶ》せた右手で雄を扱《しご》きながら、口にくわえていたほうを左手で摑《つか》む。それをコンドームのように使い、今にも達しそうなものにすっぽりと被せてみた。洗ってあるのが残念だが、この靴下は遥の足を何度も包んできたものだ。

「……ハ……ッ、ゥ……」

普段なら他人の靴下など洗ってあっても触りたくないのに、生温かい脱ぎ立てだったらいいのにと思ったり、やっぱり靴下よりも下着が欲しいと思ったり、変態みたいなことを考える。

——恋という字は変という字に似てるって、何かに書いてあったっけ。たぶん、本気で恋すると誰もが大なり小なり変になって、冷静な他人から後ろ指差されて笑われるような

馬鹿なことをしだすんだ。臭《くさ》い台詞《せりふ》を吐いてみたり、人前でも二人の世界に入り込んで、バカップルとかいわれたり……すっごい馬鹿でみっともなくて、でも……冷静な他人には絶対にわからない幸福感に浸ってるから、結局そっちが勝ち組で……。

琉貴は遥の体内に性器を挿入《そうにゅう》することを想像し、濡《ぬ》れていく靴下を上下させる。

ぎゅっと握りながら遥の背中や腰つきを思いだし、尻《しり》を突きだす様をイメージした。

教室を散々覗《のぞ》いていたおかげで、引き締まった小さな尻の形や、屈《かが》んだ時の悩ましげなポーズをありありと浮かび上がらせることができる。

「……先生……っ」

あの人の体に自分のものを挿《い》れてみたい。

ゲイポルノはサンプルを観《み》ただけで気分が悪くなったが、それでも行為自体は瞼《まぶた》に焼きつき、役者を変えれば激しく燃える。短いサンプル動画の中にあった途切れ途切れの忙《せわ》しない性行為がフラッシュバックして、エプロン姿の遥と重なった。

「──ゥ、ッ……！」

深々と被せた黒い靴下の先端が、じわじわと濡れていく。

あえて絞ると、ジュワッと音を立てながら小さな泡と共に体液が漏れだした。

ぐっしょり濡れるのが靴下なんかじゃなく、あの人の爪先だったらいいのにと思う。

尻の奥に出したものが次々と溢《あふ》れだして、腿《もも》の内側をゆっくりと滑り、そのままさらに滑り落ちて足の甲に到達すればいい。

指の股《また》の間にまで入り込んだら、遥は慌てたりするだろうか。それともくすぐったがるだろうか。いや、もっといいのは恍惚《こうこつ》状態で……よ過ぎて何がなんだかわからなくなっているといい。快楽に悶《もだ》えさせ、気絶させられるくらいの男になりたい。

「……早く大きくなれよ……クソ……」

琉貴は靴下を抜き取りながら、まだ奮い立っている分身を睨《にら》む。

何人ものAV男優と比べた結果、形は悪くない状態だと思っていた。

しかし大きさが足りない。長さも太さも平均的で、重量感も不足している。

何年か前に見た父のものはぶら下がっていても立派だったので、そのうち自分のものも成長するだろう。

そう信じてはいるが、扱く手が大きいだけに物足りなさを感じた。

――人を好きになるとコンプレックスが増えるのかな……ここが未熟なことも嫌だし、背が低いのも嫌だし……かといって明日急に大人になれるわけじゃないから、現時点では小さくて可愛いとか思われていたほうがいい。そのほうが踏み込むには有利だし……中途半端は駄目だ。俺がもし図体《ずうたい》のデカい子供になったら、今以上に警戒される。

襲われても抵抗できると思うくらい小さく、細い体——この体だからこそ容易に部屋に入れてもらえたのだ。

最も背の高い同級生は百八十五センチ以上あるが、もし自分が彼のような体格だったら、まず間違いなく対応を変えられる。

寒がっても部屋に入れてもらえず、マンションのエントランスでタクシーを呼ぶとか、近くのファミレスに連れていかれるとか、安全策を取られていたはずだ。何しろ相手は、一見清楚でありながらも濃厚なフェロモン体質の美人なのだから、誰に対しても無防備であるはずがない。

——ここだけはデカくなればいいのに……。

完全に受け入れてもらうまでの間は小柄な子供の姿のままで、しかしいざベッドに入る段になって脱ぐと、大人びた立派なものであの人を善《よ》がらせられる——そんな妄想に耽《ふけ》りながら濡れた靴下を上下させると、萎《な》えない雄がひくんと震える。

「……っ、遥……先生……」

自慰行為は声を出さなくてもできるが、声を出すとリアリティが増すことを知った。

目を閉じると遥がそばにいるようで、ますます興奮する。

「——ゥ、ン……」

いつも一緒にいられて、朝起きるとあの人が「おはよう」といって、頬《ほお》に軽いキスをしてくれたらどんなにいいだろう。

分担して朝食の用意をしたり、同時に出かけたり、帰りに待ち合わせたり買いものに行ったり、食事に行ったり映画館に行ったり。高校生になっても大学生になっても医者になっても、ずっと一緒にいたい。そばにいてほしい。

「……ッ、ゥ……ン……！」

性的ではない想像をしていたにもかかわらず、琉貴は二度目の精を放つ。

達したあとになって、遥の唇の膨らみや、長い睫毛《まつげ》が落とす影を思い描いた。

これもまた性的とはいえないものかもしれないが、唇や睫毛もたまらなく色っぽい。

——俺のものだ……絶対に、俺だけのものにする。

ウエットティッシュで手を拭《ふ》いた琉貴は、鞄の中からポリエチレンの袋を取りだす。

ファスナーがついている保存用のしっかりとした袋だ。料理教室や調理実習で使用したフキンを入れたり、時には湿ったハンカチを入れたりして使っている。

その中に重みが増した靴下を入れて、今夜の妄想を閉じ込めた。

全身精液塗《まみ》れになった遥が、全長十七センチほどまで小さくなって、袋の中でじたばたすればいいのに——。

突然小さくなってしまった憧《あこが》れの先生と秘密の生活を送り、時折エロ系のハプニングに見舞われるという、少年漫画《まんが》の主人公のような展開を思いついた琉貴は、保存袋を見つめながらほくそ笑《え》んだ。

実験動物にされることを恐れて人前に出られなくなった遥は、「僕には琉貴くんだけが頼りなんだ」と、泣いて縋《すが》るだろうか。

洗面器の湯船に浸《つ》かったり、ミニチュア家具で寛《くつろ》いだり、可愛くて小さな遥と巨人のような自分が一緒に暮らし、心の距離が縮まって恋心が燃え上がる。だけどこのままじゃ抱き合えない、と悩むのがお約束だ。

――それで試練とか乗り越えて呪《のろ》いを解くとかして……無事元のサイズに戻った先生と抱き合ってキスして、熱烈なエッチして、達かせまくってめでたしめでたし。俺の身長はぐんぐん伸びて若くて長身の医者になって、本当に頼れる男になって先生と末永く暮らすわけだ。それ、凄《すご》い、最高……。

快楽のあとに繰り広げられる愉快な妄想に笑った琉貴は、部屋中に遥の姿を浮かべる。ベッドに座って裸で微笑《ほほえ》む等身大サイズの遥や、ミニチュア化して机の上でちょこまか動く遥を想《おも》うと、本当に楽しくて楽しくて、頬が緩んで仕方がなかった。

恋は時に苦しいものだと聞くが、今はまったく苦しくない。

会っている間は思い通りいかないことに胸が塞《ふさ》がれるようだったのに、今はもう、遥の部屋に入れただけで大満足で——その喜びのほうが勝っている。

これからもずっとこんなふうにポジティブに捉《とら》えれば、それはきっと幸福を引き寄せる力になるだろう。精神的に安定した人だと思われ、頼ってもらえるかもしれない。

「——あ……」

鞄の中で携帯が振動していることに気づいた琉貴は、転がるようにベッドから下りる。

そうしながら、これがもし遥からの電話だったら最高なのに……と思った。

今夜の訪問で「とりあえず友人から」という提案を受け入れてもらい、メルアドの交換やメッセージアプリのＩＤ交換、そして電話番号の交換も済ませたかったのに、一つもクリアできなかった情けなさにいまさら気づく。

——叔父さんからだ。

遥の部屋に入ってお茶を飲み、一緒に最中《もなか》を食べ、靴下を持ち去っただけで幸せ気分になっていたが、実は目標の多くをクリアできていないことを自覚した琉貴の目に、『徳澤英二』という名と、ネットから拝借して登録していた宣材写真が焼きついた。

父よりも叔父のほうが好きなくらいだったのに、今は名前や顔を見るだけで胃のあたりに不快な刺激が走る。細いガラス繊維を呑《の》み込んで、胃壁を切り裂かれているようだ。

遥を雇っている経営者で、食の好みが合う料理研究家……誰もが認めるイケメンで背が高く、おそらくゲイで、遥のことを狙《ねら》っているかもしれない資産家の男。カッコイイ車に乗っていて運転が上手《うま》くて、服のセンスもいい半分芸能人のような大人の男――。

「……はい」

画面に指をスライドさせた琉貴は、出たくない気持ちを隠さず示しながら電話に出る。今日は執拗《しつよう》なほど教室を覗いていたので、さすがに耳に入ったのだろう。

『琉貴、遅くにごめん。起きてたか？』

「起きてるに決まってるじゃん。まだ日付変わってないし」

苛立《いらだ》ちが明らかな声を発したあとになって、失敗したと思った。

最初の「はい」から失敗で、拗《す》ねた子供みたいな自分の口調が心底嫌になる。

弱い犬ほどよく吠《ほ》えるという格言を思いだした。男と男の勝負ではなく、大人と子供の勝負になってしまうのは嫌なのに、初《しょ》っ端《ぱな》からそうなってしまっている。

『最近うちの授業をよく見学してるんだって？』

「……いけない？」

また失敗した。自分は感情の起伏がなだらかで、もし大きく揺れ動いても上手くコントロールできるほうだと思っていたが、理想通りにいかない。

叔父の存在を感じるだけで苛立ち、とても演じきれなかった。

叔父に敵意を見せるのはどう考えても得策じゃないとわかっているのに、電波を通じて行き交う空気にまで茨《いばら》の棘《とげ》を纏わりつかせてしまう。

『いけなくはないけど、随分熱心に見てるって聞いたもんだから、少し気になっただけ。他に入りたいコースがあるならいえよ。途中からでも入れるよう手配するから』

「……大丈夫」

探《さぐ》りを入れられているのがわかる。

自分の甥《おい》っ子が同性を好きになったのかもしれないと疑いを持ち、男子中学生の扱いについて考え、頭ごなしに反対したり止めたりせずに様子を窺《うかが》っているわけだ。

軽く揺さぶりをかけて反応を見て、その場ですぐに対処方法を考え、計画通りの言動が取れるのが大人なら、今思い通りにできていない自分はやはり子供なのだろう。

「叔父さんみたいに、料理上手になりたい。家でも家政婦さんの手伝いしてるよ」

『へえ、そうなんだ？　長谷部《はせべ》さんの料理はいつ食べても旨《うま》いし、授業だけじゃなかなか身につかないからいいんじゃないか？　頑張《がんば》ってるんだな』

「うん、せっかく叔父さんのスクールに通ってるんだし」

精いっぱい頑張って平静を装い、よいしょしてみたりする。

いまさら遅いだろうが、最後まで拗ねた子供のままで終わりたくなかった。

たった一人の叔父だが、今後遥に手を出す気なら今すぐ消えてくれとすら思う。苦しまずに眠ったまま死んで、「若くして亡くなって気の毒だが、やりたいことを思う存分やって幸せな人生だったんじゃないか？　その証拠に死に顔がとても安らかだ」とかなんとかいわれて、惜しまれつつ平和に死んでくれたらいいのに。

こんなどす黒い気持ちを抱えていてもなんとか普通に喋《しゃべ》っているだけ、今の自分に及第点を与えたい。今夜は失敗もあったが、次に叔父から電話があった時は最初から愛想よく電話を取ってみせる。もちろん、不自然ではない範囲で。

「俺が手伝うのは朝食がメインなんだけど、スクールで習ったポーチドエッグを作ったら半熟加減が絶妙で……普通の卵なのに最高に旨かったよ」

『そりゃ凄いな。俺が初めてポーチドエッグ作った時はしょうもない勘違いがあってさ、溶き卵みたいになって大失敗だった』

「しょうもない勘違いって何？」

『菜箸《さいばし》で渦を作ってから、その中央に卵を落とせって習っただろ？　俺凄い馬鹿やって、卵を沈めたあとに渦作ってさ、当然グッチャグチャになったわけ。しかも酢を入れ過ぎてすっぱくなるし、俺には料理のセンスがないなって……いきなり挫折《ざせつ》しかけたよ』

一人称が「僕」から「俺」になっている叔父に対し、琉貴は「叔父さんそれほんとに馬鹿だ」と、くすくす笑ってみせる。

身内向けに崩している叔父と、ウケて笑っている振りをする自分。

上手くできているだろうか。叔父と自分と、どちらが演技上手で自然だろうか。

「それっていくつの時？」

『小学生の頃。子供の時から料理に興味があったんで、暇さえあれば料理番組とかレシピ本ばっか見てて、親からは食い意地張ってる子だと思われてたんだぜ』

「へえ、そうなんだ」

叔父は楽しげに話していて、探りを入れてきたとは思えないほど自然だった。

一方琉貴は、叔父の発言に俄《にわか》に苛立つ。

初めてのポーチドエッグを成功させたお前は凄い。俺は最初失敗したのに……と、一旦《いったん》相手を上げて自分を下げたあとに、実はかなり子供の頃の話でしたというオチは、結局のところ自慢話に聞こえた。

遥が興味のあるものに、自分は子供の頃から興味がある。お前とはキャリアも心意気も比べものにならないんだよ——とでもいいたいのだろうか。

「俺も叔父さんみたいに早くから興味持てたらよかったな」

あと少しで終わるから、頑張れ——そういい聞かせて普通程度に懐《なつ》いている甥の演技を続ける。しかし意識し過ぎて変に力が入り、近頃の自分らしくない甘ったれた喋りかたになっている自覚があった。

『お前が料理に興味を持ってくれて嬉しいよ。食べることは人間の基本だし、毎日絶対に避けられない行為だろ？　それなら料理上手になって、一日に何度も幸せを感じるほうがお得だ。手慣れてくれれば時間もかからなくなるし、面倒臭くもなくなるから』

「うん、そうだね。頑張るよ」

『おう、頑張れ』

「——うん」

電話を切るための言葉はいくらでもあるが、それを自分から口にするのは逃げるようで嫌だった琉貴は、英二が『じゃあそろそろ切るな』といいだすのを今か今かと待つ。

携帯電話を握る手はいつしか汗ばみ、持ち替えないとずるりと滑り落ちてしまいそうなほどだった。本当はいきなり切りたい。むしろ繋《つな》がったまま壁に投げつけ、この苛立ちを伝えたい。

『頑張るのはいいけど、怪我《けが》しないよう気をつけて。……遅くに電話して悪かったな』

これでやっと終わると思う半面、不器用に手を切ったことを笑われたように感じた。

実際には叔父として当たり前に案じているだけかもしれないが、疑心や敵対心で満ちた自分の心を制御できない。

叔父が一方的に遥を好きだと思っているだけではなく、万が一遥も叔父に好意を寄せていたら……或《あ》るいは二人はすでに恋人同士で、一見そう見せない節度があるだけだったら、自分はどうすればいいのだろう。

そんなことを考えると、「じゃあ、おやすみなさい」と返す言葉が震えた。

「——ッ、クソ……！」

通話を切ったあと、琉貴は携帯電話を床に向かって放り投げる。

ラグを敷いていない部分は天然木で、打ち所が悪かった携帯は鈍い悲鳴を上げた。

拾い上げるまでもなく、表面に蜘蛛《くも》の巣《す》が走っているのがわかる。

それを目にした途端、買ったばかりの携帯であることや、買い直すにはまた金がかかることに気づいた。母親に強請《ねだ》って買ってもらった時は特に感謝もしなかったが、さすがに申し訳ないことをしたと思う。

代々裕福な家なので不労所得も多々あるが、自分が与えられている金の大半は勤労所得だと考えるべきだ。両親が患者のために懸命になって学び、働き、そうして稼いだ金を、八つ当たりでどぶに捨てるような真似《まね》をしてはいけない。

――叔父さんが悪いんだ。探り入れてきて、俺をムカつかせるから。

琉貴は憂鬱《ゆううつ》な気分になりながら、携帯を拾い上げる。

親に悪いという気持ちと、自分自身と叔父に腹を立てる気持ちが混ざり混ざって涙腺《るいせん》が危うくなった。物に当たって損をする自分の拙《つたな》さが何より嫌でたまらない。

叔父は今この瞬間、普通に携帯をテーブルに置いているだろう。

やれやれと思いながら、あくまでも平常心でいられるのだ。

――駄目だ……普通に競《きそ》ったら負ける……俺が負ける。

恋の悦《よろこ》びは地の底に沈められ、携帯の画面と同じように心臓がひび割れる。

手にした携帯は正常に動作して、遥の写真を表示させることができた。

自由《じゆう》が丘《おか》校の講師だった頃の遥が、蜘蛛の巣の中にいる。

――先生、どうしたら俺のものになってくれる？

紋白蝶《もんしろちょう》のように白くて美しい人を、恋の罠《わな》で捕らえたい。

叔父にないもの……小ささ、可愛さ、率直さ。稚拙な面すらも武器にして、甘い香りの罠を張り巡らせよう。あの人を捕らえ、食って食われて一つになりたい。

《八》

四月の五週目に入り、住之江《すみのえ》遥《はるか》は琉貴《るき》が取っている初心者コースで講師を務める。

琉貴は相変わらず毎日教室を覗《のぞ》いていたが、家に来るようなことはなかった。

今日も他の生徒と同様に、メモを取りながらデモンストレーションを見ている。

琉貴がいるとやりにくいと感じるのは完全に自分の都合だが、実際のところ遥は、伊達《だて》眼鏡《めがね》のレンズを突き抜けてくる琉貴の視線に集中力を削《そ》がれていた。

遥の世界は元よりフルカラーなので、琉貴だけに色がついているわけではなかったが、そういう使い古された表現をしたくなる。

ぼんやりとしたパステルカラーの中に、鮮烈な原色が現れたような感じだ。

どうしたって目立つし、視線が合ってしまうと目を逸《そ》らすのに気力と体力を要する。

「ふんわりしたオムライスを作るためには、火加減が重要になってきます。最近はＩＨのお宅も多いかと思いますが、今日はガスで挑戦してみましょう。火を消したあとも加熱が続くことを考慮して少し早めに火を止め、素早くライスの上に載《の》せるのがポイントです。そのために、卵を調理する前にテーブルを万全な状態にしておいてください」

フライパンの上で卵の形を整えずにライスに載せ、そのあとデミグラスソースをかける簡単オムライスの説明をしながら、遥は緊張の一瞬を迎える。

卵料理は火加減がすべてといってもいいくらいで、ほんの少しの油断で予定外の別の料理になってしまうこともある。講師も人間なのでデモンストレーション中にミスをすることもあるが、それは生徒が思っている以上に恥ずかしいことだった。

若干生の部分を残し、ぷるりと震えながら艶《つや》めく加減を捉《とら》えたい。

待ち構えるバターライスの半分を覆い、盛られたライスの凹凸に従ってくったりと添う状態が理想的だ。かといって、破れるほど柔らか過ぎてもいけない。

「まあ、なんて綺麗《きれい》！　美味《おい》しそうだわ」

まさにパステルカラーの若い令嬢が声を上げ、拍手をする。

このくらいでそんなことをされるとプロとして恥ずかしい気分になるが、要《い》らぬ緊張をしていた遥にとって、大袈裟《おおげさ》な称賛は安堵《あんど》に繋《つな》がった。

琉貴の存在に乱されずに、どうにか普段通りの仕事ができてほっとする。

「今日は上手にできるかしら？　自宅では上手《うま》くできなくて、菜箸《さいばし》を使ってスクランブルエッグにしてしまうことも多いんですよ」

別の会員がそういうと、他の会員達が「わかりますわぁ」と同調する。

自由《じゆう》が丘《おか》の徳澤《とくざわ》カルチャースクールにいた時はデモンストレーション中に生徒が気安く話しかけてくることはまずなかったが、徳澤倶楽部《くらぶ》では雰囲気が違っていた。

おっとりとマイペースな生徒が多いのか、それとも生徒という感覚があまりないのか、急に質問が飛んできたり拍手が起こったりと、その時によりまちまちだ。

「大丈夫です、心配要りませんよ。コンロを使う時は僕かアシスタントがつきますから、丁度よいタイミングで火を消して、艶々ぷるぷるの美味しいオムライスを作りましょう。今日の授業で皆さんにマスターしていただきたいのは、先の準備をしてから調理を始めることの大切さです。カトラリーやサラダ、飲み物を準備し、デミグラスソースを温めて、あとは卵を火にかけてライスに載せるだけ、という状態にしましょう。熱いものは熱く、冷たいものは冷たい状態で揃《そろ》えて出せる、料理上手になるためのレッスンです」

遥は女性達に向かって微笑《ほほえ》みかけ、琉貴には視線を合わせない。

恙《つつが》なくデモンストレーションを終えると、講師が使う調理台の前に座っていた生徒達が一斉に席を立ち、班分けされた自分達のテーブルに移動した。

その中で琉貴だけは移動が遅く、立ってはいるが遥の前から動かない。

琉貴の姿を視野に入れながらも、遥は何もいわず、気づいていない振りをした。

アシスタントの女性に声をかけて適当な指示を出し、忙しく見せかける。

――険悪になったわけじゃないんだし、普通に接したほうがいいのに……。

最後にまともに目を合わせたのは、自宅マンションの前でタクシーに乗せた時だった。手土産《てみやげ》を一緒に食べて、告白されて断ったという流れではあったが、本来今日は平気な顔で、講師と生徒として接するべきだ。

そういう暗黙の了解があったはずだった。

頭ではわかっているのに、遥はどうしても琉貴を無視せずにはいられない。接してしまうと平静を装えなくなり、仕事に障《さわ》る気がして仕方がなかった。

それを感じたのは昨日のことで、アシスタントではなく講師をしている時に窓の外からずっと見つめられ、とてもやりにくかったのだ。

「スミ先生、私のバターライス炒《いた》め過ぎですか？　こんな色になっちゃって」

「ああ、大丈夫ですよ。これくらいのほうが美味しそうに見えますすよね」

「ああよかった。食べて苦かったらどうしようかと思いました」

「とてもいい香りがしていますし、きっと美味しいですよ」

授業の後半になっても遥は琉貴がいる四班には近づかず、アシスタントに任せる。代わりに一班の四人の女性達を指導し、時折二班にも顔を出した。どちらの班も比較的和やかで、互いに譲り合ってコンロを使ったり、率先して洗いものをしたりしている。

「サラダの準備がまだの方は少しだけ急ぎましょう。今日のトマトは凄《すご》く甘いですよ」

「わあ、本当に綺麗なトマトですね。切るのが勿体《もったい》ないわ」

「割ったら桃太郎《ももたろう》が出てきそう」

「トマトなのに？」

女性達はキャッキャッと笑いながら、よく研《と》がれた包丁をトマトに向ける。

オーナーがこだわる産地直送の高級食材が並ぶテーブルで、遥は「刃が皮の表面を滑ることがありますから、くれぐれも気をつけてくださいね」と注意を促した。

ルビーレッドの艶やかなトマトが真っ二つに切られる様を見ながら、背中に強い視線を感じる。対角線上にある四班のほうから、琉貴が自分を見ているのがわかった。

──琉貴くん、トマトは刃が滑ることがあってほんとに危ないから、僕じゃなく自分の手元をちゃんと見て。

遥は琉貴に背を向けたまま、にこやかに女性達を見守る。

すべてのトマトを綺麗に切り終えた彼女達を褒《ほ》め、中身が零《こぼ》れださないよう上手く盛りつける方法を教えた。

そうしている間も琉貴のことが気になり、振り返りたくてたまらなくなる。

集中してちゃんと切れただろうか。どうか今は、真剣に料理に取り組んでほしい。

「あ、ぅ……痛っ！」

「――っ⁉」

振り返りたいのをこらえていた遥は、突如響いた声に全身で反応した。

弾《はじ》けるように後ろを向くと、包丁を握った琉貴が左拳《ひだりこぶし》を握りながら顔を顰《しか》めている。

「琉貴くん⁉」

まるで既視感《デジャビュ》だ。先週とほとんど同じ光景だった。

「大丈夫⁉」と、同じ班の女性達が声をかけている。

琉貴の左拳から、一筋の血が流れるのが見えた。

誰かが悲鳴を上げ、別の誰かが「血が出てるわ！」と叫ぶ。

木のまな板に置かれたルビーレッドのトマトの横に、ポタポタと血が垂れた。

――琉貴くん！

偶然なのか、それとも故意か――疑いを持つ自分が嫌になるが、こんな状況でも琉貴の矛先は変わらない。印象的な黒い瞳《ひとみ》が、「この前みたいに先生が手当てしてよ」と、訴えているのがわかる。だからこそ疑いは強まり、故意だと思えてならなかった。

「徳澤さん、大丈夫ですか？　救護室に御案内しますっ」

「徳澤さん、これで血を止めてください。救護室より病院に行きますか？」

アシスタントの女性二人が琉貴の所に飛んでいき、競うばかりの勢いを見せる。

遥の足は勝手に二歩ほど動いていたが、しかし自分の意思で止めた。

わざとであれなんであれ、手当てをしてあげたいとは思う。

しかし怪我人《けがにん》が出た場合はアシスタントが対応する決まりで、今の自分は講師だ。

いくらオーナーの甥《おい》でも、一人のために講師がこの場を離れることはできない。

「水谷《みずたに》さん、徳澤さんの手当てをお願いします」

遥は琉貴の手をフキンで包んでいる女性に任せ、彼女は二つ返事で引き受けた。

しかし琉貴は動かず、包丁を置こうともしない。

「徳澤さん、さあこちらに。大丈夫ですか？」

酷《ひど》く不満げな顔をしながらも、琉貴は包丁を右手から抜き取られる。

しぶしぶ歩きだしたが、遥が顔を逸らすまでこちらを見ていた。

それも、「どうして先生が手当てしてくれないんだよ。なんで人任せにするんだよ」といいたげな、酷く恨みがましい表情だ。

二十代から五十代までいる十五人の生徒が、「大丈夫かしら？」「心配ね」とひそひそ話している。琉貴が前回怪我をしたのは一つ上のコースなので、これが二度目の怪我であることを知っている人は少ないだろう。

中学生の男の子が慣れない包丁で手を切ってしまった偶発的な事故として、誰もが心配そうに眉《まゆ》を寄せ、同情していた。

——僕と二人きりになるため？　それとも、気を引くため？

講師がこの場を離れられないことくらい琉貴ならわかりそうなものだが、自分のために特別に動いてくれると思ったのだろうか。こちらの気持ちを試したのだろうか。

それとも避けられていると感じて感情的になり、冷静さを失ったのか。

或《ある》いはすべて思い過ごしで、本当に単なる事故だったのだろうか。

「先生、オーナーの甥っ子さん大丈夫かしら？」

一班の女性の一人が、卵を掻《か》き混《ま》ぜながら訊《き》いてくる。

訊かれたところで琉貴の傷を見ていない遥にわかるはずもないが、無意識に口が動き、「心配ですよね」と答えていた。しかし声が震えてしまい、それ以上喋《しゃべ》れなくなる。

ただ立っているだけなのに、全力疾走したかのように動悸《どうき》が激しかった。

琉貴が使っていたまな板の血が目に焼きつき、今すぐ教室を飛びだしたくなる。

彼がこちらの気持ちを試したのだとしたら——答えは曖昧《あいまい》だが、ゆらゆら迷うくらいの状態だ。立場を忘れて琉貴のために飛びだすことはできないけれど、心配で今すぐ飛んでいきたい気持ちはある。行動が伴わないだけで、気持ちのうえでは特別だ。

――前回はすぐに血が滴るほどじゃなかった。今回のほうが深いかもしれない。左手のどのあたりを、どのくらい切ったのだろう。わざと傷つけたなら、それは相当に異常な行為だ。たとえ浅い傷だとしても、人間は簡単に自傷できるものではない。

遥は、ＳＭはもちろん過激なセックスには興味がなく、たとえ軽いプレイでも暴力的な行為をしたがる人が理解できなかった。

交際相手を大切にしない人も、自分自身を大切にしない人も苦手だ。

運転が乱暴な人、煙草《たばこ》を吸う人、過剰に酒を飲む人などは価値観が合わず、続かないとわかっているので最初から付き合わない。

――琉貴くん……もしも君が僕の気を引こうとして自分を傷つけたなら、それは物凄く間違ってるよ。そういうことをする人を、僕は好きになれない。

遥は一班から二班へと移動しながら、声が出るかどうかを密《ひそ》かに試した。

卵の割りかたについて指導しようとしたが、思うように声が出せず、自分で考えている以上に動揺しているのがわかる。

琉貴がした行為は明らかに好みから外れ、引いてしまうばかりの恐ろしいことなのに、気持ちを囚《とら》われているのは間違いなかった。

《九》

琉貴《るき》が怪我《けが》をした日の夜、遥《はるか》は自宅に帰るのが嫌で日之宮《ひのみや》ジュールと飲んでいた。

手当てをしたアシスタントの話では、琉貴の怪我は病院に行くほどではなく心配無用とのことだったが、報告を受けたオーナーが迎えにきて家まで送り届けたらしい。

その後何度かオーナーに電話を入れたが、運転中なのか、或《ある》いは琉貴の自宅に上がって彼の両親に説明でもしているのか、ずっとドライブモードになっていた。

「スミ先生、本当に一杯も飲まないの？　マスターのオリジナルカクテルは見た目も味も格別なんだよ。写真撮《と》りたくなるくらいセンスよくてね。僕としては、先生のイメージでカクテルを作ってもらう予定だったのに」

「そうなんですか？　ではお言葉に甘えてノンアルコールで作ってもらいましょうか」

「えぇー、そりゃないでしょ」

相変わらず日焼けした肌に金髪の日之宮の隣で、遥は「じゃあ烏龍茶《ウーロンちゃ》で」と返す。

バーで一緒に飲むとはいっても遥が口にするのはノンアルコールドリンクのみなので、日之宮は露骨に肩を落としていた。

琉貴ほど執拗《しつよう》ではないものの、日之宮も軽いノリで連日何かとモーションをかけてくる諦《あきら》めの悪い男だ。真剣な気持ちはなく、断られることも含めて挨拶《あいさつ》のようなものかもしれないが、遥が徳澤倶楽部《とくざわくらぶ》に異動してから遠慮がなくなったので困っている。

何しろ遥は、世間にカミングアウトしていない隠れゲイだ。

一方、日之宮は顔立ちが日本人離れしていることやキャラクター性もあり、「美人ならどっちでもＯＫ」という、バイ発言がすんなりと受け入れられていた。そのため、隠すという意識が非常に薄く、遥とは感覚が違っている。

「ようやくデートにこぎつけたのに、スミ先生はガード堅くて淋《さみ》しいな」

「デートじゃありませんし、お酒は飲みませんけどいいですかって、確認済みですよ」

「雰囲気に流されて飲んでくれるかなって、期待するものじゃない？」

不満そうな日之宮の隣で、遥は黙って烏龍茶を口にする。

本来は誘いに乗るべきではないとわかっているため、酒は一滴も飲まず、伊達眼鏡《だてめがね》も外さなかった。素顔を晒《さら》して酒を飲むのは、ベッドを共にしてもいいと思う相手とだけだ。

「日之宮先生、僕がゲイだってこと、とっくの昔に気づいていらっしゃると思いますが、それについて吹聴《ふいちょう》しないでくれたことは感謝してます。でも、今みたいに人前でゲイ扱い同然のことをされるのは困るんです。今日はそれがいいたくて来ました」

琉貴のことで悩む遥は、せめて日之宮のことには決着をつけようと思っていた。

琉貴とは違い、日之宮にはいいたいことを思うようにいえる。

心の中に、彼に嫌われたくないとか、できればこのまま好かれていたいという気持ちがないため、拒絶することに迷いがないのだ。相手が自分に本気ではないことも、拒んでも大して傷つかないこともわかっていた。

「スミ先生ってもしかして、オーナーと付き合ってるの？」

「まさか、僕はただの従業員ですよ」

「……そうかな？　僕、オーナーがゲイだって知ってるよ」

「そうなんですか？　僕は知りません。プライベートな話はしないので」

「頻繁にデートしてるのに？　仲よさそうに一緒にいるとこ何度か見かけたよ」

「オーナーとは食の好みが合うので、時々御一緒させていただいてるだけです」

「ふうん……ちょっと信じられないけど、連れ歩くなら美人がいいって気持ちはわかる。いっそのことオーナーと付き合ってるっていってほしいよ。さすがの僕もオーナーが相手なら諦められるのに。僕にとっては恩師でもあるしさ」

溜《た》め息《いき》をついた日之宮は、自身をイメージして作らせたカクテルを飲み干す。

灼熱《しゃくねつ》の太陽を彷彿《ほうふつ》とさせる明るいオレンジ色が、瞬く間に消えていった。

同時に日之宮の表情が冴《さ》えなくなり、本当に日が沈んだように見えてくる。

意外とショックを受けているのかな——と少し気になって横顔を観察していると、彼はさらに大きな溜め息をついた。

「実際あんな有名人と付き合うと大変だよ。生徒さん達の大本命はオーナーだし、仕事がやりにくくなるのはもちろん、マスコミにすっぱ抜かれたらあることないこと書かれて親泣かせる破目《はめ》になるし、過去の恥ずかしー乱行まで全部暴かれちゃうよ」

「オーナーとは付き合ってませんし、恥ずかしい乱行なんて僕にはありません」

「えっ？　昔の彼氏と撮ったやばい写真とか動画とかないの？」

「ないですよ、そんなもの。友達同士だっていい張れるレベルのものしか撮りません」

遥が答えるなり、日之宮は「ええええっ」と大袈裟《おおげさ》な声を上げる。

挙げ句の果てに、「つまんない恋愛してたんだねっ」と失礼なことをいいだした。

「リベンジポルノとか問題になってるのに、見られて困るもの撮るなんて馬鹿《ばか》ですよ」

「いやいや、夢中で恋愛してたら別れた時のこととか考えないから。馬鹿やっちゃうのが恋愛でしょ？　スミ先生は恋してないね、ただ付き合ってただけ」

「恋愛と自衛は別問題ですっ。それにちゃんと恋したことありますよ。中学の時、先輩が好きでドキドキしながらこっそり追いかけたりとか、そういう経験もしてきました」

「えー、そこまで遡《さかのぼ》らないとないわけ？　先生もう二十五でしょ？」

「そのあとだって色々ありましたよ……もちろん」

「あやしいなぁ、大人になってからは単にセックスしてただけなんじゃない？　男の場合セックスだけじゃ心は測れないからね。嫌いじゃなきゃできる程度のことなんだし」

日之宮の言葉に露骨に眉《まゆ》を顰《ひそ》めた遥だったが、湧《わ》き起こる感情の中には図星を指されたことによる悔しさもあった。

確かに、何人かの男と付き合い、その人に好意を持ったり尽くしたりしてきたが、その関係に溺《おぼ》れたり、永遠の夢を見たことは一度もない。

今はよくてもそのうち別れることになると当たり前に思っていたし、別れたあとに困るようなことは、どんなに求められても絶対にしなかった。

——オーナーのことにしてもそうだ。現在付き合ってる人がいなくて、オーナーにその気があるなら付き合ってみたいな……とか思ったけど、それはオーナーの言動に脈っぽいものを感じたからであって……オーナーのことが好きで好きでたまらないわけじゃない。もちろん好きだし、付き合うなら長く付き合いたいけど、永遠とかは考えられない。交際開始の動機はいつだって、「この人に抱かれたい」とか、その程度……。

淡泊なほうだが肉欲は時に現れ、欲求はタチの男に向かう。

見た目が整っていて清潔感があって、話してみて価値観がそこそこ合う人だと思えば、それだけで抱かれたくなるものだ。

実際に寝てみて、「付き合って」と求められれば付き合い、最後は浮気をされ――一度そうなるとどんなに謝られても許せずに、即座に別れるのがお決まりのパターンだった。

――僕は結局、自分を好きになってくれる男の中で好みのタイプを選んでいるだけで、自分から動くことはせず、少しでも愛情の薄さを感じたら拒んできたってことだ。なんて傲慢《ごうまん》な恋愛をしてたんだろう。いや、恋愛ですらないか……。

軽薄だとばかり思っていた日之宮の言葉が思いがけず胸に突き刺さり、ズキズキと痛くなってくる。外見と中身が合っていないつまらない人間だから浮気をされるのだとばかり思っていたが、もしかしたら他にも原因があるのかもしれない。

――僕に熱がないから、相手の熱も冷めるんだ。

そんな結論に行き着くと、馬鹿馬鹿しいくらい情熱的な恋愛をしている人の顔が、ふと浮かび上がる。

好きな人を振り向かせるために自身を傷つけ、相手に嫌われるようなことをしてしまう愚かな少年は、今頃何を考えているだろうか。馬鹿をやったと反省しているか、それともこんなことはなんでもないと、不屈の情熱を燃やしているのだろうか。

――冷めてほしい気持ちと、冷めなきゃいいって思う気持ちと、両方ある。困るけど、あの熱を手放したくない。

琉貴の輝く瞳《ひとみ》を思い返していた遥は、携帯の振動を感じて我に返る。

オーナーの徳澤英二《えいじ》からだと思い、確認するより前に席を立った。

「ごめんなさい、たぶん仕事の電話なので」

一旦《いったん》バーの外に出ると、高層ビル内にあるレストランやカフェの入り口が並んでいた。フロア自体の照明が控えめで、廊下からも夜景を楽しめるようになっている。

――あれ……知らない番号だ。

オーナーからの連絡だと思い込んでいた遥は、画面に表示された番号を見て落胆する。琉貴の怪我がどうなったのか早く知りたかっただけに、知らない番号に苛立《いらだ》ちすら覚えた。こういうものの大半はろくな用件じゃない。

電話に出るべきかどうか迷いつつも、無視して繰り返しかかってくると面倒なので出ることにしたが、「はい」というだけで名前は出さなかった。

するとしばらく間を置いて、「先生？」と問われる。

「――琉貴くん？」

琉貴のことを直前まで考えていた遥の脳裏に、左拳《ひだりこぶし》から血を流す彼の姿が浮かんだ。

怪我は大丈夫？　と訊《き》きたい気持ちと同時に、どうして電話番号を知っているのか問いたくなったが、それについて問うのはやめることにした。

答えは容易に想像がつく。おそらく、隙《すき》を見て英二の携帯を盗み見たのだろう。

そういう犯罪的な行為を琉貴の口から聞くのはストレスだった。

「琉貴くん、怪我は大丈夫？　今は御自宅？」

『はい、大丈夫です。叔父《おじ》に送ってもらって、家にいます』

「包丁の先端が刺さったって聞いたけど、本当に平気？　痛かったよね？」

『べつに、そんなに痛くなかったです。先生のこと考えてたから』

初めて電話越しに聞く琉貴の声は、心なしか元気がなかった。

さすがに英二や親に叱《しか》られたのか、それとも傷がとても痛くてつらいのか、あれこれと訊きたい気持ちはあったが、遥は訊けないまま唇を引き結ぶ。

ここで自分が甘やかしては、彼の思う壺《つぼ》だと思った。

自分を傷つけることで好きな人の気を引き、同情されたという――悪い成功例を与えるべきではない。琉貴が再び自傷行為などという手段を取らないよう、今回のことは必ず、失敗として終わらせなければならないのだ。

――突き放さなきゃ……決定的な言葉で、曖昧《あいまい》ではなく完全に……。

遥は歯を食い縛りながらも、胸の内では深呼吸を繰り返す。

肺に酸素を送り込まなくても、心を落ち着かせることはできた。

昂《たかぶ》る感情を一段一段下げていくイメージを頭に浮かべ、そっと唇を開く。

「僕は、料理に集中して頑張《がんば》ってる生徒さんが好きだよ」

抑揚のない、低めな声でいい切った。

料理よりも僕に夢中になってくれる君が気になって仕方ない——なんて、いえるわけがない。誰よりも熱い君の気持ちに触れて、僕も熱くなりかけてる、ともいえない。

このまま好かれていたいと願うことも許されない。

本来好まない行為をした彼を、自分は避けなければならないし、彼は悪《あ》しき行いの罰を受けるべきだ。

二度と過ちを犯さないよう、後悔する結末が必要不可欠——そしてそれを与えるべきは彼の親でも叔父でもなく、今この瞬間、彼が一番好きな人間である自分だ。

「僕の授業は、受けないほうがいいかもしれないね」

さらに声を低めた遥は、冷たいだけではなく嫌悪感すら滲《にじ》ませる。

どうにか上手《うま》く、そういった印象の声を出せたようだ。

酷《ひど》く不機嫌《ふきげん》そうな声になっているのがわかる。

『……え？』

返ってきたのは、信じられないといいたげな反応だった。

そんなの嫌だ――と琉貴がごねる前に、遥は次の言葉を用意する。

「初心者コースの担当は僕だけじゃないし、振り替えで他の先生のコースを受けたほうがいいと思う。そのほうが琉貴くんの身になると思うんだ。それと……申し訳ないけど僕も仕事に集中できなくて迷惑《めいわく》してる。いい加減わかってくれないかな？」

『――ッ』

突き放せば突き放すほどに、鋭い鑓《やり》が胸に迫ってきた。

自分が酷く意地悪に思えたが、しかし間違っているとは思わない。

そもそも琉貴に嫌われないようにと考え、中途半端な態度を取ったのが間違いだった。

彼のことを今でも好きだと思う。可愛《かわい》いと思う。だからこそ突き放し……愛情表現ならなんでも許されるわけではないことを、わかってもらいたかった。

「悪いけど今ちょっと人と会ってる最中で。振り替えのことはオーナーと相談して決めてもらえるかな？　じゃあ、お大事にね」

遥は一方的にいうと、携帯を耳から離して終了ボタンを押す。

これ以上は限界だった。元々演技力に自信などないのだ。長く話せばボロが出る。

通話が終わった画面には、『この電話番号を登録しますか?』という質問メッセージが表示された。

いつもなら登録したり、或いは『いいえ』を選択して終わらせたり、そのどちらかの操作をする。

しかし今日は違った。

選択肢の中にある、『着信拒否に設定する』という項目を選ぶ。

本当に設定していいかと確認され、震えだす指先で『はい』を押した。

もしも拒否されていることに気づいたら、琉貴はショックを受けるかもしれない。

しばらくつらいかもしれないが、しかし彼のためにはこのほうがいいのだ。

やり過ぎれば相手は怖がり、引いてしまい、離れていくことを知らなければならない。

今の彼は、欲しいものを買ってもらえなくて地団駄《じだんだ》を踏んで泣き喚《わめ》く子供と同じだ。

大人は決して根負けしてはいけない。

褒美《ほうび》は、いい子でいる時に与えるべきものだ。

——君が大人になってスマートに迫れば、落ちない人なんてそうそういないよ。でも、今は間違いだらけだから駄目《だめ》。失敗して、後悔して、反省しながらも……最初のイメージより冷たい僕を嫌いになって、忘れてしまえばいい。

これでおしまい。今度こそ冷められる、嫌われる、忘れ去られる——そう思った途端、画面の上に水滴が落ちた。

保護フィルムの上で弾《はじ》け、ホームボタンに向かって流れ落ちる水滴は紛れもなく自分の涙だったが、それを認めたらさらに涙が溢《あふ》れそうで、黙って拭《ぬぐ》う。

何も泣くことはない。正しい選択をしただけだ。

元より自分のものにできるはずがない相手だったのだし、問題だらけで面倒が多過ぎる相手でもある。そもそも男ですらない……まだ十五歳の少年と縁を切ったからといって、身を削られるわけじゃない。

「……っ、ぅ……」

いつか思いだす過去の苦い初恋の人になったのか、それともなかったことにされるのかわからないが、終わったという事実に涙が止まらなかった。

何かを失うどころか、今後失うことになるであろう色々なものを失わずに済んだのに、ただ楽になるだけなのに……恋人に浮気をされても出なかった涙が次々と溢れてくる。

——また、着信が……。

濡《ぬ》れた画面に、徳澤英二の名が表示された。

待っていた電話だったが、しかし今は出られない。

涙声になってしまうのは間違いなく、電話に出るのもバーに戻るのも無理だった。

英二からの電話は一旦切れ、すぐにまたかかってくる。

今度こそ出なければと思うのに、喉《のど》がひくついて出られなかった。

──オーナー……ごめんなさい、僕は……貴方《あなた》の大切な甥御《おいご》さんを好きになってしまいました。まだ十五歳の子に、いつしか絆《ほだ》されて、本気になって……貴方からの電話にすら出られない。

日之宮がいう通り、つい馬鹿なことをしてしまうのが恋の証拠だとしたら──いつ誰に見られるかわからないこんな場所で泣いている自分は、恋をしているのだろうか。

今この胸にある好きだという気持ちは、これまで抱えた好意とは違う。

熱量が圧倒的に異なり、終わったにもかかわらず燃えている。

──貴方に対して、こんなふうになりたかったのに……。

制御できない炎が、望まぬ方向で火柱を上げていた。

雇用主であり、できれば付き合いたいと思っていた相手からの電話にも出られず、涙の始末に困っている自分が、どうしようもなく愚かに思えた。

《十》

『包丁の先端が刺さったって聞いたけど、本当に平気？　痛かったよね？』

新しい携帯電話にイヤホンを接続した琉貴《るき》は、ベッドの中で遥《はるか》の声を聞いていた。

ここまで聞いたところで必ず止めて、最初から再生する。

ひび割れた携帯を買い替えた時点で、琉貴は通話録音アプリを購入し、自動で動くよう設定していた。おかげでこうして、遥の声を何百回でも聞くことができる。

包丁で怪我《けが》をした自分に、叔父《おじ》が「家まで送るよ」と声をかけてきた際、本当ならば「授業に戻るからいい」と拒否したかった。

そういわずに大人しく従ったのは、叔父の携帯を盗み見るためだ。

パスワードを解除したあと数分は弄《いじ》れる状態にしていることを知っていたので、叔父を自宅に上げればチャンスはあると思った。

幸い早く帰宅していた母親が、「英二《えいじ》さん何か美味《おい》しいもの作って」といつもの調子で強請《ねだ》ってくれたので、隙《すき》を見て遥の電話番号を入手できた。

――他の先生の授業を受けろなんて、あんまりだ。

再生した通話を、琉貴は再び『痛かったよね?』までで止める。

このあとの会話を聞いたら携帯を壊してしまいそうなので、いくら遥の声とはいえ二度聞くことはできなかった。通話時に一度聞いたきりだが、繰り返し聞いている部分よりも強く頭に残っている。

――先生は魔性だね……気まぐれに態度を変える猫みたいだ。

マンションまで行っても大して怒らず、家に入れてくれて最中《もなか》を食べつつ笑った遥と、教室を覗《のぞ》く自分をスルーする遥。そしてより徹底した今日の授業での無視。携帯の番号をどうやって調べたかを追及せず、不快感を示さずに怪我を気遣《きづか》ってくれた優しさと、そのあとに続いた無情な言葉。

遥が齎《もたら》す天国と地獄は紙一重――その紙で作られたメビウスの輪の上を、自分は必死で走っている。今いる場所が天国か地獄かわからなくなりながら、遥を追いかけてひたすら走る。そうして遥に翻弄《ほんろう》されながらも、輪の中にいられるうちはまだいい。そこから突き落とされて無縁になったら、それこそ永遠の地獄だ。

――俺を一喜一憂させる天才なのかな。舞い上がらせたり突き落としたり、誘うような顔したり、困った顔したり、無防備だったり警戒したり……。

絆創膏《ばんそうこう》を貼《は》られた左手が、ズキズキと熱っぽく痛む。

おそらく何もかも気づいているであろう叔父からは、「刃物を扱う時は十分気をつけなきゃ駄目《だめ》だぞ。先生にも迷惑かけちゃうだろ?」とだけいわれた。ただそれだけだ。

母親は初めこそ心配している様子だったが、「おかしいわねぇ、小学生の時に木彫りの彫刻で区の最優秀作品賞に選ばれたくらい器用なのに」といって、琉貴が負傷したことに首を傾《かし》げつつも、最終的には我が子の賞歴を語って自慢していた。

父親は、「なんなら俺が縫合してやろうか?」と冗談半分にいっていた程度だ。

今夜の琉貴の夕食は授業で作るオムライスの予定だったが、叔父が冷蔵庫にあるもので作ったカツレツのカチョカヴァッロチーズ添えとミモザサラダと、数種類のビーンズが入ったミネストローネスープを四人で摂《と》り、話題の多くは叔父の仕事の話になった。

写真集が好評だったのでまた出すことになったそうで、叔父が「今度こそ脱いでっていわれてるんだよね」といったら、父親が目を剝《む》いて怒り、猛反対していた。結局叔父が折れて「裸《はだか》エプロンくらいにしておくよ」といったら、父はさらに怒った。

勘当《かんどう》されても大成功した叔父は、父にとって出来の悪い弟とはいい切れないが、しかし徳澤《とくざわ》の家柄や家業を考えると、問題がないともいえない。

琉貴の父親はいつも、優等生の息子よりも、破天荒《はてんこう》な弟のことで熱くなり、その動向に注目してよくも悪くも常に意識していた。

——先生も……俺がいい子にしてたら意識しないよね？

琉貴はベッドの中に潜りながら、再生をもう少し進めて、『料理に集中して頑張ってる生徒さんが好きだよ』という遥の台詞《せりふ》を聞く。

それは真実かもしれないが、しかしそれでは『いい生徒さん』で終わりだ。

だからといってわざと怪我をするのはやり過ぎだし、引いてしまう気持ちもわかる。

自分がやったことを他人事《ひとごと》として聞いたら、確実に馬鹿《ばか》認定するだろう。

気持ちの悪い奴《やつ》だとも思うし、何をするかわからない危ない奴だから絶対近づかないでおこうと思うはずだ。

叔父のことを見習いたくはないが、親にいわれた通り国立大の医学部に合格しながらも勝手に辞めて夢を追い、医者になっていたら絶対に稼げなかった金を稼いで、楽しそうに好きな仕事をしているという——そういう前向きな脱線と成功こそが魅力であり、だからこそ父も、目くじらを立てながらも本質的には叔父を認めているのだ。会えば声を荒らげたり口論寸前までいったりするのに、それでも頻繁に家に呼んで一緒に食事を摂るのは、結局のところ弟が可愛《かわい》いからだろう。

——今の俺じゃ、何をやってもカッコイイ感じにはならない。怪我して気を引くとか、凄《すご》いダサいしキモいよ……わかってるよ。

琉貴は通話の再生を止めると、携帯の写真フォルダを開く。

サムネイル表示されたフォルダ内は、明るい黄色で埋め尽くされていた。

最新画像はより綺麗《きれい》な黄色で、サムネイルの状態でも艶《つや》めいているのがわかる。

──こんなにいっぱい作ったんだよ。

今日は普通に授業を受けて、遥が驚くほど綺麗なオムライスを作りたかった。

料理上手な家政婦の長谷部《はせべ》に教えてもらったり、ネットで動画を観《み》て研究したり、卵四パックを費やして猛特訓した結果、艶《つや》やかでプルプルと震える完璧《かんぺき》なオムライスができるようになった。

──先生、俺……上手に作れるようになったんだよ。先生に褒《ほ》めてもらって……先生に笑ってもらえたら、今日はそれだけで十分って思ってた。こんな怪我して悪目立ちするんじゃなくて、誰より上手《うま》く作って、目立って……びっくりさせて、いい意味で先生に注目されたかった。

夢と希望に溢《あふ》れる黄色い画面が一段暗くなり、放っておくと画面の照明が落ちる。

黄色は黒に塗《ぬ》り潰《つぶ》され、泣きそうな顔が映り込んだ。

アプリの再生は止めたはずなのに、頭の中で再生ボタンを押されてしまう。

聞こえてくる遥の声は、いつもより低かった。抑揚もあまりない。

『僕の授業は、受けないほうがいいかもしれないね』

『仕事に集中できなくて迷惑《めいわく》してる。いい加減わかってくれないかな？』

イヤホンを外しても、耳を塞《ふさ》いでも聞こえてくる。

片耳を枕《まくら》に押しつけ、もう片方の耳を布団で押さえても駄目だ。

涙が出てきて、喉《のど》がひくつく。みっともない嗚咽《おえつ》が漏れる。

「――っ、ぅ……ぅ」

こんなはずじゃなかったのに、つくづく上手くいかない。

それでも、今日の自分は遥の記憶に残ったはずだ。それだけが唯一の救いだ。

完璧な料理を作って褒められる生徒よりも、わざと怪我をして血を流す生徒のほうが、あの人の心を摑《つか》んでいたりするかもしれない。あえて別れを告げなければならないほど、大きな存在として――。

《十一》

恐ろしく長く感じた四月を乗り越えた遥《はるか》は、五月の大型連休を、両親と祖父母が暮らす岩手県で過ごした。

母親は東京出身だが、父親は元々岩手で生まれ育った人なので、祖父母の介護のために地元に戻ってもはつらつとしていて、なんの問題もなかった。

東京を出てから元気がなかった母親が心配だったが、二年目でようやく慣れたそうで、要介護状態の祖父母とも上手《うま》くやっているらしい。

母親から、「もらった仕送りは遥名義で全額貯金してあるわよ」といわれ、相変わらず真面目《まじめ》でいい母親だな……と感心する半面、ヘルパーを頼んで息抜きをしたり、ちょっとした贅沢《ぜいたく》をしたり、そういうふうに使ってもらえなかったことが残念だった。

ひとまず安心して東京に戻ると、現実が怒濤《どとう》の勢いで押し寄せてくる。

化粧気のない母の顔とは大違いに完璧《かんぺき》なメイクを施した女性達と共に、宮殿さながらの徳澤倶楽部《とくざわくらぶ》で過ごす日々だ。

生で食べないのが勿体《もったい》ないほどの最高級国産牛肉を使ってローストビーフを作ったり、

動き回る伊勢海老《いせえび》を仕留めてテリーヌに仕込んだり、ベルギー産の上質なチョコレートを使ったフォンダンショコラを焼いたり、おもてなしコースや製菓コースでアシスタントを務めながら、五月の三週目に開催される家庭料理基本コースの三回目を迎える。

琉貴《るき》はこのコースの二回目から参加しているので、彼にとっては今日が二回目だ。

電話で話して以来、遥は琉貴と会っていなかった。

教室を覗《のぞ》かれることもなく、マンションを訪ねられることもない。

オーナーの徳澤英二《えいじ》からは、「怪我《けが》は大したことなかったし、気にしなくていいよ」といわれただけだったこともあり、遥は英二に対して「琉貴くんを自分のクラスから外してほしい」とはいいだせないまま今に至っている。

――今日は僕の授業ってわけじゃない。アシスタントだし、そもそも琉貴くんはもう、僕に冷めた可能性が高い。

遥は女性講師と共に大階段を上り、ライトアップされた庭園を横目に廊下を進む。

連休前も連休中も、休みが明けてからも何事もなく平穏なのだから、あの時電話で彼を突き放したのは正解だったはずだ。それにより料理を習うことまでやめてしまわないかと心配だったが、今はこれでよかったと思っている。徳澤倶楽部ではなく、徳澤カルチャースクールでも料理は学べるし、むしろ彼の家からなら自由《じゆう》が丘《おか》校のほうが近い。

それに、中学生を受け入れている料理教室は全国的にいくつもあるのだ。

一講師を嫌いになっても、料理自体は続けてほしいと思っている。

「皆様、御機嫌《ごきげん》よう。本日は家庭料理基本コースの三回目です」

かつて人気料理番組に出演していたベテランの女性講師が挨拶《あいさつ》をすると、生徒達は声を揃《そろ》えて「御機嫌よう」といった。

その声の中に少年のものが交じっているのを察した遥は、琉貴の出席を確信する。

しかし視線は向けなかった。焦点を定めず集団を見て、気づいていない振りを貫く。

琉貴がストーカー紛《まが》いのことをやめたのは、反省したか、冷めたかのどちらかだ。

今ここで目を合わせたりして、琉貴に未練があったと思われてはいけない。

彼が料理を学んで当初の目的を果たせるよう、リセットするのが一番だ。

――普通に出席してくれてよかった。

デモンストレーションが始まると、遥は教室の後方に移動する。

講師の手伝いは別のアシスタントが担当するため、生徒の視界に入らないようにした。

制服姿の琉貴の背中は、女性達と同じくらい……或《あ》いはそれ以上に小さい。

弄《いじ》っていない艶々《つやつや》の黒髪に天使の輪が光り、頭の形のよさが際立って見えた。

真っ白な長袖《ながそで》のシャツに包まれた右肘《みぎひじ》が時折動いて、メモを取っているのがわかる。

余計なことや嫌なことはさっさと忘れ、もう吹っ切れたのだろう。

本来とても賢いうえに、若いので頭の切り替えが早そうだ。

——振り返らない……。

デモンストレーションが進み、新ゴボウの混ぜ御飯やウニのあんかけ茶碗蒸し《ちゃわんむ》しの説明が続く。その流れで、講師はホワイトボードを使いながらウニの種類を図説した。

これはこのあと作る料理とは直接関係がない雑学なので、生徒には少し余裕があるはずだった。しかし琉貴は振り返らず、ホワイトボードを見ている。

何も問題はなく、むしろ理想的な状態なのに、遥の気分は沈んでいった。

琉貴の視線を散々感じてきた遥には、背後からじっと見続けることの危険性がわかる。彼を意識していることに気づかれてはいけない。こんなふうに見ては駄目《だめ》だ。駄目なのに、どうしても見てしまう。

何度か逸《そ》らしても再び見て、心のどこかで視線に気づいてほしがっている自分がいた。振り返ってほしい。できることなら、無表情を崩して嬉《うれ》しそうな顔をしてほしい。

その先には困るようなことしかないのに、気づいてくれないことが悲しい。

「さあ皆さん、テーブルに戻って早速《さっそく》作りましょう。ウニは冷蔵庫にありますからね」

女性講師の声を合図に、生徒達が席を立つ。

遥は気持ちを振りきって動きだし、すぐさま一班に向かった。

他のアシスタントは全員女性で、琉貴に興味があるため我先にと四班につく。

遥が琉貴の班に近づかずに過ごすのは簡単なことだ。彼に背を向けて、最も遠い一班のテーブルについていればそれでいい。

「先生ー、このゴボウおかしいです。洗っても洗っても汚れが落ちません」

「ああ、大丈夫ですよ。もう十分に落ちてます。ゴボウはポリフェノール系物質の影響で空気に触れると褐変《かっぺん》を起こしますから、洗ったらすぐに調理に入りましょう。切ったそばから酢水に浸《つ》けるのがポイントです」

「あら、そうなんですの？　そういえば先生がそんなこと仰《おっしゃ》っていた気がしますね」

「一度に多くの手順を説明しますから、すべて憶《おぼ》えておくのは難しいですよね」

遥はボウルに酢水を用意しつつ説明し、茶碗蒸し用の出汁《だし》を取っている女性に火加減の指導をしたり、ウニを取りにいこうとする女性に「ウニは二種類ありますから、今は裏漉《うらご》し用だけ持ってきてください」と声をかけたり、本来やるべき仕事に専念した。

初心者コースより品数が多く忙しいため、琉貴のことを意識する余裕はなくなる。

一班をメインに担当し、後方の二班にも手を出したり、講師に呼ばれて完成見本の盛りつけをしたりと、止まっている隙《すき》がない有り様だった。

——琉貴くんの班も順調みたいだし……やっぱりこれでよかったんだ。思いきって突き放して正解だった。しばらく淋《さみ》しいかもしれないけど、一番いい形で終われた。

遥は一班の女性達と笑顔を交わして、美味《おい》しそうに炊き上がった御飯を装《よそ》う。

新ゴボウと仄《ほの》かな醤油《しょうゆ》の香りが食欲をそそり、教室中がいい香りに満ちていた。

四つある茶碗蒸しのうち一つだけが緩くなってしまったことに責任を感じている生徒がいたので、「これくらいは許容範囲ですよ。蒸す時の置き場所によって、差が出てしまうことがあるんです」と宥《なだ》めると、配置にかかわらなかった生徒が「私は緩めが好きだから丁度いいわ」といって、緩めの器を選びつつフォローした。

今日はどこの班も上手くいったらしく、教室中から「美味しそう」という、楽しげな声が響いている。

授業の終盤になって余裕が出てきた遥は、四班のテーブルに背中を向けながら、琉貴の声を拾おうとした。

彼も楽しげに、ごく普通に会話をしていることを願う。

それを聞いたら、本当に諦《あきら》めがつくと思った。

実際に耳にすれば淋しくなるかもしれないが、彼が同じ班の女性達と、「美味しそう」「いただきます」と、無難な言葉を交わしていてくれたらいい。

十五歳の少年の真《ま》っ直《す》ぐな恋心に揺さぶられ、胸が苦しくなったり涙が出たり、いつになく感情的になった瞬間があったが——それも終わりだ。

何も始まらないまま、何もかも元通りになる。

「——っ！」

無難な会話を求めていた遥の耳は、突如響いた金属音に劈《つんざ》かれる。

カシャーンと音がして反射的に振り向いた先は、四班のシンクだった。

床の上で包丁が回転し、そのすぐそばに琉貴が蹲《うずくま》る。

——琉貴くん！

あらゆる女性達が「大丈夫ですか⁉」と声を上げ、悲鳴も聞こえた。

先月と同じ光景だ。琉貴は右脚《みぎあし》の腿《もも》を押さえていたが、手を切った時と状況はほとんど変わらない。我先にと駆け寄る女性アシスタント、そして同じ班の女性達——。

「徳澤さん、大丈夫ですか⁉　病院に行きますか⁉」

アシスタントの一人が琉貴のエプロンを捲《めく》り、キッチンペーパーを傷口に当てた。

蹲った際に後ろに流れた三角巾《さんかくきん》が床に落ち、ベテラン講師が包丁と共にそれを拾う。

遥は身じろぎ一つ取れないまま、よろよろと立ち上がる琉貴の姿に釘《くぎ》づけになった。

琉貴はこちらを見ていて、痛そうな顔ではなく、恨みがましい顔をしている。

「徳澤さん、とにかく救護室へ……っ、歩けますか？」

琉貴は講師の問いに答えず、遥のことを睨《にら》み続けた。

ざわつく教室の中から、訝《いぶか》しがる声が聞こえてくる。「これで二度目よ」「いいえ、三度目よ。初心者コースでも怪我をしたらしいわ」「まあ、三度目？」といった声だ。

血を流しているのは琉貴なのに、遥の体の中からも血が引いていく。

ショックで倒れるという現象を、こんなにリアルに感じたことはなかった。

本当に血を失って、貧血症状を起こしそうになる。視界が大きく歪《ゆが》んだ。

「遥先生がいいです」

一班のテーブルの角に縋《すが》る遥に向かって、琉貴は明瞭《めいりょう》な声でいう。

教室中がしんと静まり返り、遥は無数の視線に串刺《くしざ》しにされた。

ここにはおっとりした令嬢や夫人もいるが、鋭い人もいる。

三度も流血することは明らかに尋常ではなく、ましてやそれが故意であり、同性講師の気を引くためだと感づかれたら——琉貴の将来がメチャクチャになってしまう。

大人の自分はカミングアウトをすれば済む話だが、上流階級の人々の間で、徳澤病院の跡取り息子がゲイだとか、自傷行為を繰り返す危険人物だと噂《うわさ》されるのはまずい。

「す、住之江《すみのえ》先生は……今ちょっと顔色がよくないみたいですし、私が……」

「スラックス脱がなきゃいけないし、男の先生じゃないと嫌です」

テーブルに縋ったまま動けない遥の代わりを申しでたアシスタントに、琉貴は付け入る隙を与えなかった。太腿の傷を押さえながら、遥に向かってつかつかと歩く。

重ねられたキッチンペーパーから滲《にじ》む赤が、遥の目に焼きついた。

どうしてこんなことになってしまったのだろう。

授業にきちんと出席した彼に、アシスタントの一人として通常通り接するべきだったのだろうか。すべての班を平等に回って、彼の隣にも立ち、「とても上手になりましたね」「こうするとより楽にできますよ」と、いうだけでよかったのかもしれない。

「遥先生、包丁を洗おうとしたら泡で手が滑って落としてしまいました。足を少しだけ切ったので、お手数をおかけしますが救護室に連れていってください」

自然に振る舞う自信がなくて逃げた遥の前に、琉貴は堂々と立つ。

普通ではないことをしているのに、こんな時は平静を装える琉貴が憎らしかった。

年齢など無関係に、この子には一生勝てないと思う。

何かに強く執着したこともなく、小さな痛み一つすら恐れている凡人の自分が、琉貴に太刀《たち》打ちできるわけがない。

「……大丈夫、ですか？」

「はい、ちょっとだけですから平気です」

遥は摑《つか》んでいたテーブルの角を押すようにして歩きだし、琉貴と共に教室を出る。

講師や他のアシスタントに声をかける余力はなかった。

心配そうにしている生徒に対しても、退出前に何かしらいうべきなのにいえない。

それでもどうにか真っ直ぐ歩くことはできた。

琉貴と共に廊下を歩きながら、教室の窓を通して注がれる視線を感じる。

愚かとしかいいようがない、三度目の怪我。そしてゲイ疑惑を持たれている同性講師を指名したこと。これからその講師と密室に向かい、スラックスを脱ぐという事実。どれも女性の好奇心をそそるもので、悪意の有無にかかわらず吹聴《ふいちょう》されるのは明らかだ。

「どうして、こんなこと……っ」

救護室に向かう途中、遥は琉貴の後ろを歩きながら問う。

怖くて、琉貴の背中を支えることもできなかった。声が震えて涙声になってしまう。

「先生が俺を無視するからだよ。ちゃんと予習してきたのに、少しも見てくれなかった」

「──琉貴くん……」

「ゴボウの笹《ささ》搔《が》きも凄《すご》い速度で綺麗《きれい》にできるようになったし、ニンジンも均一に切れた。ウニを取り寄せて裏漉しも家でやってみたよ。……でも、先生が見てくれないんじゃ仕方ないよね。教室覗くのも我慢して、お利口にしてみたけど――いいことなかった」

琉貴の黒い瞳《ひとみ》が潤み、目尻《めじり》が光るのが見えた。

遥は言葉を失いながら、歪《いびつ》な体勢で歩き続ける琉貴を追う。

磁石で引き寄せられるように一定の間隔を空けて、追わずにはいられなかった。

琉貴が救護室の扉を開けると、病院の診察室に似た白い空間が広がる。

華美な廊下と比べれば何もないが、そこには自由があった。

誰の目も気にせずに、琉貴と対峙《たいじ》できる部屋だ。

「先生……また、あの時みたいに舐《な》めて」

遥が救護室に入るなり、琉貴は扉に施錠する。

立《た》ち竦《すく》む遥の顔を見上げながら、ベルトに手をかけた。

スラックスを下ろし、引き締まった太腿を露《あら》わにする。

スラックスが足首まで落ちると、膝《ひざ》も脛《すね》も靴下もすべて見えた。

ベルト跡がついたシャツから、グレーのボクサーパンツが覗いている。

性器の膨らみまでわかり、少年の体に欲情するのを恐れた遥は目を逸らした。

そうしたところで、直前に見てしまった筋張った脚や、膝に向かって流れていく一筋の血が瞼《まぶた》から離れない。生々しい切り傷も、下着の膨らみも忘れられなかった。

「先生、舐めて」

扉を背に立っている琉貴と目を合わせた遥は、膝からがくりと頽《くずお》れる。

誰の目にも触れない白い空間の中で、怯《おび》えながらも自由に動いた。

床に両膝をつき、視線の先に見える太腿に顔を寄せる。

血の筋の末端は乾き始めていて、舐めた途端に溶けだしそうに見えた。

琉貴も相当におかしいが、自分もおかしいとわかっている。それを承知のうえで、彼の求めに従わずにはいられない。いけないと思っても口が開き、舌が伸びてしまう。

「──っ、ん」

「先生……っ」

鉄錆《てつさび》を舐めたような味がして、毒を飲んだ気分になった。

即効性の背徳の毒が体中を駆《か》け巡《めぐ》り、聴覚に異常を来《きた》す。

散々鳴り響いていた自制の声が聞こえなくなっていた。

「……ぅ、ん……ふ……っ」

「遥……せん、せ、ぃ……」

琉貴の右脚を両手で抱いた遥は、膝から腿へと血を辿《たど》る。

体温と肌の匂《にお》いを感じながら、切り傷へと向かっていった。

——自傷行為で気を引くなんて、最低なのに……。

絶対に人に好かれるはずのないことをする、考えなしで自制心の足りない困った子供。むしろ嫌われるようなことをしてしまう、愚かな子供——でも、彼は本当に自分を傷つけたかったわけではなく、ただ見てほしかったのだ。認めてほしかったのだ。

琉貴が生徒として純粋な接触を求めていたのに、意図的に拒んだのは自分だ。ごく普通に何事もなかったようにやり過ごすことを理想としながらも、そうなることが淋しくて、そうできる自信がなくて、わざと背中を向け続けた。

「ん、ふ……ぅ」

遥は流れた血の筋を舐め取ると、斜めに走る切り傷を舐める。

この傷は琉貴がつけたものではない。琉貴の手を借りて自分がつけた傷だ。掌《てのひら》に負った傷よりも大きく、舐めると新しい血が滲みだしてくる。

「……う、ん……」

「——先生、ぁ……先生……っ」

両手で抱いた琉貴の脚が強張《こわば》り、彼の性器が反応しているのがわかった。

自分の額よりも上にある性器に目を向けることはなく、遥は傷口を舐め続ける。

こくりと鳴らした喉《のど》の奥が、血の味による不快感に襲われた。

誰の血であろうと……たとえそれが新鮮なものであろうと、吸血鬼《きゅうけつき》ではないのだから、生臭さや鉄錆のような味に辟易《へきえき》するのは当然だ。それなのに、ただ気持ちが悪いだけでは終わらないものがあった。股間《こかん》に熱が集まって、下着がきつくなっていく。

――血の味……気持ち悪いのに、なんでこんな……。

琉貴の体がひくりと動き、さらに感じているのがわかった。

甘い吐息が頭上から降ってきて、性的なことをしている気分になる。

そうではない、これは手当ての一環だと思いたくても、断言できなかった。

傷を舐めているのは、理性を失ったからではない。

むしろ理性が働いているからこそ、傷だけで済んでいるのだと自覚する。

本当に舐めたい所はもっと上にあり、視線や唇をそこに持っていかないよう抑えても、意識はそこに向いていた。琉貴の下着の中にある膨《ふく》らみを、どうにかしたくてたまらなくなっている。

「……遥先生、ごめんなさい……」

額に冷たい滴が当たり、遥は必死に伏せていた瞼を上げた。

シャツに半分隠れた琉貴の股間を見ないようにして、彼の顔を見る。

目が合うと同時に、両目から涙が零《こぼ》れた。琉貴の目と、自分の目から二粒ずつだ。

「――どうして、上手くいかないんだろう」

「琉貴くん……」

「先生が、自慢に思う、理想の彼氏になりたいって、思ってるのに……こんなことしたら絶対引かれるってわかってるのに、なんでやっちゃうんだろう」

唇も声も震わせた琉貴は、俯《うつむ》きながら涙を拭《ぬぐ》う。

初めて会った時の自信に溢《あふ》れた彼とは別人のようで、かける言葉が見つからない。

「先生……っ、先生……」

「――うん」

もしも何かいい言葉が見つかったとしても、いえなかった。

人並み以上にプライドが高い琉貴が、涙声になっても構わずに、言葉を続けようとしている。そして自分は、その言葉を聞きたがっている。

「先生が、好きだ」

ひくっと喉をひくつかせた琉貴が、不安定な声で告げてくる。

さらにもう一度、「好きなんです」と告げられた。

これは疑いようがない真実の言葉。たとえ長く続かないとしても、明日にはもう飽きているとしても、今この瞬間、琉貴が胸に抱いている正真正銘《しょうしんしょうめい》の真実だ。

僕も好きだよ——と返したくても返せずに、遥は黙って頷《うなず》く。

琉貴の黒い睫毛《まつげ》は涙により束ねられ、泣き顔ですら可愛《かわい》く見えた。

抱き締めたい衝動に身を任せた遥は、膝を折る琉貴の体を受け入れる。

ぎゅっと抱き締めると、未成熟な体に両手が強張《こわば》った。

小さく美しい蝶《ちょう》を、潰《つぶ》してしまいそうで怖い。羽をぐしゃぐしゃにしないためには、いったいどういうふうに抱き締めたらいいのかと、腕も指も迷い続ける。

「——遥先生、俺と、付き合ってください」

怯えきった声が耳に届く。

ぎこちなくも強く抱き締めた体は、小刻みに震えていた。

幼い頃からどんな試験も上手くパスしてきた琉貴にとって、これから自分が出す合否がどれほど大きなものなのか、それがよくわかる。

優越感はなく、申し訳ない気持ちと不安で胸が苦しかった。

頑張《がんば》って生きてはきたけれど、自分は本当にどこにでもいるレベルの凡人だ。

見てくれの問題で得をすることも確かにあるが——しかし見た目だけではどうにもならないこともある。前評判が高ければ高いほど期待されて、凡庸な料理を出すことが許されない注目店のように、自分の容姿に対する評価にプレッシャーを与えられてきた。

「僕が決めるルールを、すべて守ってくれるなら……」

震える琉貴に、否とはいえなかった。何より自分が、彼を放したくない。

分不相応な宝石であろうと、いつか手の届かない世界に飛び立つ蝶であろうと、今は、この腕の中にいる。思いがけず手に入れた宝を、このまま摑んで愛《め》でていたい。

「先生……っ」

感極まった声を出した琉貴が顔を引き、キスをしてくる。

そうされることがわかっていながら拒めなかった。

唇が重なって、その柔らかさに驚かされる。

「……ッ、ン……」

「──っ、ぅ……」

琉貴は舌を入れようとしていたが、遥はそれを拒んだ。

柔らかな唇からは犯罪の匂いがして、危険を知らせるサイレンが体中から鳴り響く。

それでも幸せだった──まるでファーストキスのように特別なものとして刻まれ、甘い悦《よろこ》びに胸が躍る。糖質過多な恋に触れた自分が今後どうなるのかはわからないが、少なくとも今は、とても幸せだった。

《十二》

初めての恋人、住之江《すみのえ》遥《はるか》が決めたルールは厳しい。

恋人ということで間違いないですよね……と確認すると、彼は頷《うなず》いて認めてくれたが、十八歳になるまで友達以上のことはしないという約束を求め、口約束だけでは心配だといって、炬燵《こたつ》の上にあったメモ用紙に誓約を書くよう求めてきた。

他にも多くのルールがあり、『対外的には歳《とし》の離れた友人に留《とど》めておく』『授業を覗《のぞ》かない』『授業中に目立つ行動を取らない』『友人関係を超えたメールや電話はしない』『家に遊びにくるのは週二回まで』『午後九時にはタクシーに乗って帰る』『遊びにくる時は親に所在地を知らせ、反対されたら親に従う』『学校の成績を落とさない』という、まるで親が決めたかと思うような内容だった。

この中で、親に所在地を知らせる件に関しては実のところ最初から破っているが、他はすべて守っている。幸い叔父《おじ》はセカンド写真集の撮影で世界各地を回っているし、両親は忙しいため、学校さえきちんと通って、よい成績を取っていれば詮索《せんさく》されなかった。

「先生、ほっぺにチュウも駄目《だめ》なの？」

琉貴《るき》は可愛《かわい》さを売りにした表情を作り、キッチンに立つ遥に訊《き》いてみる。

五月の後半に入り、炬燵だったものはローテーブルになっていた。

上に置いてあるのは徳澤倶楽部《とくざわくらぶ》が発行している料理のテキストと、未開封の郵便物だ。

その中には、イタリアから送られてきたセンスのいい葉書があった。

差出人は琉貴の叔父で、遥の雇用主の徳澤英二《えいじ》だ。

「琉貴くんは、学校の友達のほっぺにチュウするの?」

「――いや、しないけど」

「じゃあ駄目。友達以上のことは十八歳になってからって約束でしょ」

遥はエプロン姿でそういうと、「珈琲《コーヒー》ゼリー食べる?」と訊いてくる。

琉貴は「いただきます」と答えながら、「ほっぺにくらい友達とでも普通にするよ」と、嘘《うそ》をつけばよかったと後悔した。

何しろ十も歳が違うのだから、「今の中学生はそんなの普通」と押しきれば、首を傾《かし》げつつ納得してくれるかもしれない。

そうすれば今頃、白くてほんのり薔薇《ばら》色の頬《ほお》にキスができただろう。

遥だって本当は、嘘をついてでもキスしてほしかったんじゃないだろうか。大人だから仕方なくルールに縛りつけられているだけで、本当は色々したいはずだ。

「先生は、俺のこと好き?」

「うん、好きだよ。琉貴くん最近凄《すご》くいい子だし」

「いい子じゃないけど付き合ってくれたよね。むしろ悪い子だったのに」

「うん、ほんとはいけないんだけどね。望みはいいことをした時にこそ叶《かな》うべきものだと思うし、君があんなことした直後に付き合うって決めた僕は相当駄目な大人です」

遥はお手製の珈琲ゼリーを用意して、それをテーブルに並べる。

珈琲ミルクではなく、ホイップクリームが載《の》っているので見た目が豪華だ。

砂糖不使用だがエリスリトールをたっぷり使っていて甘いし、珈琲の香りもいい。

琉貴は珈琲があまり好きではなかったが、遥が作る珈琲ゼリーは大好きだった。

「箍《たが》が外れるくらい好きになったってことだと思って、いいの?」

「そうだね、箍が外れなかったら付き合えなかっただろうし……自分でもどうかしてると思うけど、こればっかりはどうにもならなくて」

「俺と付き合うのって、そんなにどうかしてること?」

琉貴は珈琲ゼリーのクリームにスプーンを寄せながら、左手で叔父が送ってきた葉書に触れる。なんとなく憎らしいので徐々に遥から離し、ティッシュケースの下に半分以上を潜り込ませた。

「そうだよ。危険塗《まみ》れ不安だらけで、もう大変。琉貴くんが三度も怪我《けが》したことで色々と噂《うわさ》になってるし、オーナーも疑ってるかもしれない。琉貴くんの御両親に申し訳ないとも思うし……今後何か問題が起きたらって考えると、自分の親にも申し訳ないと思う。でも箍が外れて突っ走ってしまうものを見つけられたのは、よかったと思ってる」

「先生……」

スプーンの上でぷるりと震える黒いゼリーを口に運んだ遥は、雰囲気が以前と変わったように見えた。

不安だとか大変だとかいうわりに、なんだか清々《すがすが》しく見える。

同性の未成年——それも雇用者の甥《おい》と秘密裏に交際するに当たって、なるようになれと開き直っているのかもしれない。捨て身の潔さが遥の透明感を際立たせ、ますます綺麗《きれい》に見せている。本当に、触れたら透き通ってしまいそうな美しさだ。

「もっと外れちゃえばいいのに、箍……」

いっそのこと、キスを許してほしいと思う。セックスがしたいと熱烈に思う。

こっそり録音した電話の声や、盗んだ靴下を使って自慰《じい》に耽《ふけ》るのも悪くはないけれど、本当は生身のこの人を組み敷いて、肌に触れたい。裸《はだか》にしてあちこち舐《な》めたり弄《いじ》ったり、パンパンに膨《ふく》らんだ性器を口や尻《しり》に深々と挿入《そうにゅう》してみたい。

「心の中では外してるよ。琉貴くんとしたいのを我慢してるってこと、忘れないで」

「――ッ」

クリームのついた唇を一舐めしてからいった遥は、いうなり瞳《ひとみ》を泳がせる。口元を手で隠しつつ、「本音が出ちゃった……」と呟《つぶや》いた。

その仕草と声に欲情して、このまま押し倒したくてたまらなくなる。

押し倒したあとスムーズに事に及ぶだけの知識も経験もないが、とにかく押し倒して、ラグの上に無造作《むぞうさ》に広がる髪を見てみたい。

驚きながらも艶《つや》っぽい表情や、「琉貴くん……駄目、やめて」と、まるで抵抗になっていない抵抗を試みる遥の姿が見たい。そういう時の声が聞きたい。

「……お、お手洗い……借ります」

「はい、どうぞごゆっくり」

「――ッ、ゥ」

制服に押さえつけられる股間《こかん》の痛みに耐えかねて、琉貴は慌てて立ち上がる。

遥のマンションを週に二回訪れ、一緒に料理を作ったり食べたり、学校の話や倶楽部の話をして過ごす時間を失いたくなかった。ルールを破ったら交際は即解消――十八歳になってから出直すという罰則があるので、危険な賭《か》けはできない。

「先生……っ、遥先生……」

掃除が行き届いた白い空間の中で、琉貴は制服と下着を下ろして性器を摑《つか》む。

遥もここで同じことをやったりするのかと考えると、擦《こす》らなくても達しそうになった。

『琉貴くんとしたいのを我慢してるってこと、忘れないで』

忘れない、絶対に忘れない——そういう意味で求められている事実があるだけで、どれほど幸せかわかるだろうか。

背骨を摑まれるような震えが走り、硬くなった性器から熱いものが噴きだしていく。

あの人の尻ではなく、こんな所に出すしかできないのが悔しかった。

早く、一刻も早く大人になりたい。時間があっという間に過ぎて、三年経《た》ってしまえばいいのに。もしくは遥の箍がもう一段階、完全に外れてしまえばいい——。

「……ッ、ハ……！」

射精の恍惚《こうこつ》に身を仰《の》け反《ぞ》らせた琉貴は、精管を絞りながら淫《みだ》らな息をつく。

硬度を失い始めて肉へと戻っていく性器の先から、ポタポタと残滓《ざんし》が垂れた。

遥のそばにいながらも、結局こうして自慰に耽《ふけ》っているが、それでも幸せだと思う。

ここは遥の家のトイレで、とてもプライベートな空間だ。この場でこういうことをする自分を遥は許してくれているし、好意も肉欲も言葉で認めてくれている。

──凄い……幸せ……。

キスすらできない苦しさや、それくらい許してくれてもいいじゃないかと思う気持ちはある。でも、会えない日ですらキラキラと輝いていた。身も心も劫火《こうか》のように燃えているのに、幸福感はゆったりと胸の隅々まで広がっている。

圧倒的に足りないのに、満ち足りている感覚──大いなる矛盾。

体の不足と心の充実。完全ではないけれど、確かに感じられる幸福がある。

「先生……」

手を洗って部屋に戻ると、遥はイタリアから届いた葉書を見ていた。

珈琲ゼリーの器の横に葉書を立て、粗っぽいのに読みやすい文字を読んでいる。

書かれている文面はすでにチェック済みだが、無難なものだった。

琉貴のことには触れていない、長くも短くもない三行のみ。

それでも、送られたことに意味がある。

このタイミングで届いたのは、牽制《けんせい》に思えてならなかった。

遠くにいながらも自分の存在をアピールし、遥の動きを制御したり、写真集まで売れることをさりげなく自慢したりしたいのかもしれない。「琉貴より俺のほうがいいよ」とは書いていないけれど、炙《あぶ》りだしをしたら叔父の本音が浮き上がってきそうだ。

「俺と一緒にいる時に、そんなの見ないで」

「ごめんね。でも、ときめかないなって思ってただけだよ」

「──え？」

「琉貴くんの文字にはときめくのにね」

不機嫌《ふきげん》な口調でいった琉貴に、遥は笑いながら返した。

屈託のない笑みで、以前とは別人のようにさっぱりしている。

そのくせ妙な色気があり、つくづく魔性の笑みだと思った。爽《さわ》やかに見せかけながら、青少年の下半身を直撃する有毒なフェロモンを放っている。

「先生、文字だけじゃなく、俺自身にもときめく？」

琉貴は遥の背後に忍び寄り、ラグに膝《ひざ》をつく。

後ろからそっとハグをすると、「ときめくどころか心臓に悪いよ」という答えが返ってきた。胸の前で両手を絡めて完全に抱きついても、抵抗されることはない。

「学校の友達にも、こういうことするの？」

「うん、する。するよ、全然する。ハグくらい常識だから」

「──嘘ばっかり」

遥はそういって笑ったが、腕を解《ほど》こうとはしなかった。

心臓に悪いという言葉が嘘ではない証拠に、遥の心音が速くなっている。

背中側に胸を密着させて集中すると、よりはっきりと鼓動が感じられた。

本当に速く、トクントクンと忙《せわ》しなく鳴っている。

琉貴にとっては愛の言葉と同じくらい嬉《うれ》しい、自信の源になる音だ。

「先生、俺が大人になったら結婚して」

うなじに顎《あご》を寄せながら囁《ささや》くと、遥は肩をぴくんと震わせる。

言葉に反応したというよりは、首筋にかかる息に反応したようだった。

「男同士で結婚は、あと数十年は無理だと思うよ」

「養子縁組でいいよ。ゲイはそういう形で結婚ってことにするんだよね？」

「うーん、そういう人も確かにいるけど……琉貴くんは一人っ子だし、僕と養子縁組して住之江姓になったら御両親が気の毒だよ」

「あ、そっか……年上の人の姓になるんだった。俺が奥さんみたいだ」

「もし仮にそういう制約がなかったとしても、僕みたいな庶民が徳澤姓を名乗るなんて、琉貴くんの御両親はもちろん親戚《しんせき》の方々も許さないだろうし……琉貴くんが大人になってある程度自由な立場になっても、籍をどうこうするのは無理じゃないかな。それに、籍を入れなくたって十分愛し合えるよ」

遥の言葉は現実的で、琉貴は少しだけ悲しくなる。

しかし将来のことを真剣に取り合ってくれたのは嬉しかった。

遥は、「その頃どうなっているかはわからない」とも、「養子縁組はしたくない」ともいっていない。あくまでも琉貴の気持ちと二人の関係は続いているという前提のうえで、親や親戚が絡む現実について語っているだけのことだ。

「うちのことはとりあえず置いておいて、先生の親も怒るかな?」

「どうかな……琉貴くんみたいに優秀でちゃんと男の子らしい子が身内になったら嬉しいだろうけど、やっぱり複雑なんじゃないかな。そもそもカミングアウトしてないし」

遥の背中にぴったりとくっついていた琉貴は、思いがけない言葉に身を引く。

交際開始直後にゲイだと明言されたため、親にも話してあるものだと思っていた。

すべてのゲイがそういうものだと考えていたわけではないが、遥の場合、「同性が好きです」といっても誰も驚かないような見た目をしていて、隠し続けることのほうが無理があるように思えたからだ。

「御両親、知らないんだ?」

「ううん、そういうわけじゃなくて。知ってるとは思う」

「察してるけど、はっきりさせたくなくて話し合いを避けてるとか?」

「そうそう、まさにそういう感じ。子供の頃から同性に追いかけられて警察の人に助けてもらったりとか色々あったし、そういう対象になりがちなのは親も承知してて……あとはまあ、なんていうか……小さな出来事の積み重ねの中で、僕の興味が同性に向いてるのが薄々わかってたんだと思う。……社会人になったあと、付き合ってる人と一緒にいる時に両親と鉢合わせしたことがあってね。おかしな場所にいたわけじゃないしベタベタしてたわけでもないから普通に友人として紹介したんだけど、その時の両親の顔がもう……一生忘れられないほど凄くて」

「凄いって、どんな?」

「お通夜《つや》みたいだった。ああやっぱりって顔。たぶんだけど、ゲイはゲイでも親としては息子が抱かれる立場なのは嫌なんだろうね。女顔だし体格もこんなだから察してたと思うけど、如何《いか》にもタチの人と並んでる僕を見て、息子を持つ親としては本当に悲しかったんじゃないかな」

遥はローテーブルの上に両手を置いて、時折無意味に珈琲ゼリーを混ぜていた。

スプーンで細かくされていく塊は、クリームと混ざり混ざってドロドロになる。

食べ物というよりは、飲み物に近くなっていった。普段の遥は手持ち無沙汰《てもぶさた》にこんなことをする人ではないので、この話題に揺さぶられるものがあるのだろう。

「じゃあ、俺が隣にいたら少しはマシかな?」

「まさか。中学生に手を出すとか最悪だよ。父に初殴りされるかも」

「殴られたことないの?」

「ないよ。ペチン、くらい」

「あ、俺もそうだよ。ペチッとね」

琉貴は遥の背中に再び張りつき、遥の腿《もも》を軽く叩《たた》く。

「これくらい?」と琉貴が訊くと、遥は「もうちょっと痛かったかも」といいながら、手を後ろに伸ばしてきた。脇腹《わきばら》のあたりをパシッと叩いてくるが、琉貴が叩いた時よりもむしろ弱い。

「俺達、いい子ちゃんだね」

「——本当は凄く親不孝なのにね」

「そうなのかな? うん、そうかもしれない。……けど俺、ちゃんと医者になるし経営の勉強もして病院を守るよ。親が望むからっていうより、医者として立派に仕事してる親を俺なりに尊敬してるし、親不孝する分、そっちはちゃんとしたいとも思う」

「琉貴くん……」

お互いの体をペチペチと叩き合っていた手を止めて、右手と右手を握り合わせる。

琉貴が医者になるのはまだまだ先の話だが、その時も今と同じように一緒にいることを遥は信じてくれているだろうか。

子供の話に適当に合わせているだけで、内心ではまったく信じていないのだとしたら、それはあまりにも悲しい。

自分の中には強固で明瞭《めいりょう》な未来があり、遥と一緒にいる光景が浮かぶ。

頭の中にあるものを映画のように上映して、遥にも見せることができたらいいのに。

十年後――二十五歳になった自分と、三十五歳になった遥は、穏やかに幸せに暮らしている。医者になった自分と、ベテラン料理講師の仲間入りをしている遥。

日々充実して笑っている二人の姿が、くっきりと見える。

「お医者様の彼氏がいたら安心だね。調子悪い時はすぐ診《み》てくれる？」

遥の言葉に、琉貴は弾《はじ》けるように頭を上げた。

がばっと動いて背中から離れ、遥の顔を覗き込む。

まるで、「ちゃんと信じてるよ」といい聞かせるような表情だった。

正真正銘《しょうしんしょうめい》の本心か……或《あ》るいは幼い恋人の臍《へそ》を曲げさせないためのリップサービスか――琉貴もまた、遥の気持ちを信じきることはできなかったが、信じたいと思う。この人は、十歳も離れた中学生の言葉を真剣に捉《とら》えようとしてくれているのだと、心から信じたい。

「先生……俺は医者になって、先生が不調の時は誰より一番早く気づくからね。やっぱり持つべきは医者の彼氏だってしみじみ思わせるくらい役に立つ男になるから、安心しててていいからね」

琉貴は後ろから手を回した状態で、顔だけは思いきり前に突きだす。

前髪が触れ合いそうなほど顔が近く、キスをしたくてたまらなかった。

徳澤倶楽部の救護室で一度だけキスをして……その後、「琉貴くんの唇は柔らかい」といわれたが、琉貴からしたら遥の唇のほうが余程柔らかく感じられる。器の中で光る珈琲ゼリーのように、ちゅるんと蕩《とろ》けてしまいそうな感触が忘れられなかった。

「琉貴くんがお医者様になったら、僕が『先生』っていわなくちゃ」

「やだよ、くすぐったい」

くすくすと笑いながら、額と額をコツンと当ててみる。

友達以上のことはしない——という制約を考えるとすでにやり過ぎだが、許してくれることが嬉しかった。ここで調子に乗って唇を重ねてはいけないくらいはわかっているが、本当は試してみたい。流れで許してくれたりしないかなと、期待する思いもある。

「先生の役に立てる職業に就ける立場で、凄い……よかった。振り向いてもらえなかった時は、なんでこの親の許《もと》に生まれちゃったんだろうとか、酷《ひど》いこと思ってたから」

「――それは、どういう意味で?」

「たとえば、俺が食うに困るような家の子だったら……いや、それだと出会えてないか。なんていうか……金持ちの息子だったとしても、親に愛されてないとか、学校でイジメに遭ってるとか……何か同情してもらえるような、庇護《ひご》欲を刺激する立場だったら、先生は俺にもっと優しくしてくれたのかなって考えたこともあった。本当に問題抱えてる人には申し訳ない話だけど、先生に振り向いてもらえない時の俺は不幸だったし、人並み以上に恵まれた環境がマイナスに思えたんだ」

琉貴は包み隠さず語ると、「今はそんなこと思ってないよ」と明言する。

両腕の中にいる遥は体を捻《ひね》らせてにっこりと微笑《ほほえ》み、「いい御両親なんでしょう?」と訊いてきた。

「うん……だから嘘もつけなかった。先生の気を引くために家庭環境に問題のある不幸な子供を演じてみようと思ったこともあるけど……そういう嘘はさすがに、あまりにも親に悪くて無理だった」

「うん、そうだね。そういう嘘は絶対駄目だ」

「うちの親、基本的には患者さんのことで頭いっぱいだし忙しいし、お金で済ませちゃうところは確かにあるけど、それでもちゃんと俺のこと考えてる。この前もさ、母親が急に黄色いジャケットを買ってきて……あ、でもそんな子供っぽいやつじゃなく、凄いカッコイイ夏物のロングジャケットなんだけど、なんで黄色なんだろって思ったら、『黒だと車から見えなくて危ないから、できるだけ明るい色を着てね』っていうんだ。たぶん自分が運転してる時に黒い服を着た人を認識するのが遅れて、危ないなってヒヤッとしたんだと思う。それで終わりじゃなくて、俺に明るい色の服を着せなきゃって思って、俺の体型と好みに合うものを用意するわけだから、それってやっぱり愛情だよね」

「うん、凄く愛されてると思う。いいお母さんだね」

「白衣着てるとちょっとカッコイイんだよ」

可哀想《かわいそう》な少年――という売り込みができなかった琉貴は、同情要素がないだけに恋愛上不利だったことを明らかにし、それでもここに行き着けた幸福に酔う。

自傷行為で気を引いたのは本当に愚かだったと今は思い、深く反省していた。

あの時はそうするしかなく、仮に他の手段があったとしても自分にはできなかった。

結果を思えば後悔はないが、遥を精神的に追い詰めたことや、職場の居心地を悪くしてしまったこと、三度も怪我をして親に心配をかけたことは申し訳なく思っている。

「先生、俺は完璧《かんぺき》な息子ではいられないし、いつか先生を紹介する時に先生が責められる可能性をゼロにするのは難しいけど……先生が極力責められずに済むように、他のことは精いっぱい頑張《がんば》る。成績も絶対落とさないし、必ずトップを取り続ける。だからいつか、俺の恋人としてうちに来てくれる？」

未来の話ばかりする子供の自分に呆《あき》れていないか、本当に信じてくれているか——つい探《さぐ》るような目で見てしまう琉貴に、遥は迷わず頷いた。

「うん、その時は一緒に叱《しか》られよう」

「先生……っ」

「叱られるどころじゃ済まないかな。御両親を物凄く傷つけるだろうし、お互いつらいと思うけど……でも行くよ。ちゃんと行く」

遥の目は輝いていて、その表情は菩薩《ぼさつ》のように穏やかに見えた。

実は信じている演技をしているだけなんじゃないかという、なかなか消えないしつこい疑念が消えていく。確たる根拠があるわけではないが、しかしわかったのだ。

この人は本気で自分を信じてくれていると、瞳を通して伝わってきた。

《十三》

交際を始めてから一月が経《た》ち、雨の日が続いていた。

六月の中旬にしては薄ら寒いが、湿度の高さはまさしく梅雨《つゆ》だ。

平日の公休日は、郵便局に行ったり役所に行ったりと、平日ならではの用事を済ませることが多く、遥《はるか》は朝から出かけていた。

オーナーの徳澤英二《とくざわえいじ》が贈答品《ぞうとう》としてもらったという、質のよい桃《もも》や葡萄《ぶどう》、さくらんぼを譲り受けたので、コンポートにして瓶《びん》に詰め、郵便局から岩手の両親に送ったのだ。

母親の好みを考えて味をつけたり瓶を選んだり、ラッピングするのも楽しかった。

料理を教える仕事も遣《や》り甲斐《がい》はあるが、やはり自分は誰かのために、色々と考えながら何かを作ることのほうが合っているのかもしれない——と、久々に感じた作業だった。

『毎朝ヨーグルト食べるから助かるしありがたいけど、雨なのに出かけたの？　そういう時は集荷を呼びなさいよ』

帰り道、荷物を送ったことを電話で連絡すると、何故《なぜ》か少し叱《しか》り口調でいわれる。

介護の関係で機嫌《きげん》が悪いのかなと思いながら、遥はマンションの前で傘を閉じた。

「持ち込みだと送料割引されるし、持てるくらいの荷物で来てもらうのは申し訳なくて」

『持ち込み割引って百円くらいの話でしょ？　あちらはお仕事なんだし、そういう遠慮はやめなさい。傘差して両手塞《ふさ》がって、万が一事故にでもあったら大損どころじゃ済まないわよ。雨の日は視界悪いんだから』

母親から窘《たしな》められた遥は、二週間ほど前に耳にした琉貴《るき》の母親の話を思いだす。

あれから二度、琉貴が黄色いロングジャケットを着ている姿を見た。

イタリア製のハイブランド品で、色自体は交通安全用としてぴったりなくらい鮮やかな黄色なのに、とても洒落《しゃれ》ていてシルエットが綺麗《きれい》だった。

琉貴の日焼けした肌や、鮮烈な黒い瞳《ひとみ》や漆黒《しっこく》の髪には、原色が非常によく似合う。

制服姿よりも大人びて見える私服姿に惚《ほ》れ惚《ぼ》れすると同時に、琉貴に対する母親の愛と期待を感じてしまい、少しつらくなったのも事実だ。

『遥、聞いてるの？』

「あ、ごめん。うん……そうだね。明るい時間だし、小雨《こさめ》だし、歩道しか歩いてないから大丈夫だけど……気をつけるよ。使えるサービスはちゃんと使います」

『是非そうしてちょうだい。遠くにいるんだから心配かけないで。……でもコンポートはありがとう。遥の手作りに飢えてたから嬉《うれ》しいわ。お祖母《ばあ》ちゃんも喜ぶし』

遥は「お祖母ちゃん達によろしく」といって電話を切ると、雨に濁った空を見る。まだ午前中だというのに、どんよりと暗かった。

去年は猛暑による熱中症が大きな問題になったが、今年は冷夏になるといわれていて、野菜の値段が高騰しつつある。今も肌寒く、風のせいで服が湿って体が冷えていた。

――親にとってはいくつになっても子供は子供で、どんなに離れていても変わらない。それでも人間は、『子』である前にまず『個人』だから、同性しか愛せずに親を泣かせてしまうこともあり得るし、他にも色々と親の理想通りいかないことはあって当然だ。開き直ることではないけれど、罪に思うほどのことでもない。

遥の中で、自分と両親との関係については結論が出ていた。

カミングアウトしていない最大の理由は、向こうがそれを望んでいないからだ。

息子の性癖をすでに察していながらも明言されることを親が避けているなら、こちらの都合で一方的に口にするべきではない。いつかどうしても話さなければならない時が来た場合に、改めて考えればいい話だと思っている。

――十五歳の子供にも人格はあるし、自由もある。未成年者だって自分の意志を持った個人だ。……でも、悪い大人に感化されてしまうことも十分ある年頃で、親には我が子を監督し、守る義務があり、ある程度強引に矯正する権利もある。真剣かとか純粋かとか、そんなことは関係なく……現時点で琉貴くんに本当の自由はない。

これまでは、個人対個人として付き合えば済む話だった。

男同士の場合は結婚前提で付き合うわけではないので、相手の親のことなど考えない。精々カミングアウトしているかしていないかを確認しておき、思いがけず顔を合わせた場合に上手《うま》く対処できるよう気遣《きづか》うくらいだ。それ以上の意識は無用だった。

——これから、どうなるんだろう。一ヵ月もバレずに済んだのは奇跡みたいなもので、そのうちきっと壊される時が来る。琉貴くん自身は変わらなくても、状況は必ず変わる。外野が黙っているわけがない……砂浜のお城みたいな、危うい関係……。

未成年と交際することで積み重なる罪の意識と、純粋な琉貴との逢瀬《おうせ》——心が沈んだり浮いたりと忙《せわ》しない日々だったが、遥には最初から終わりが見えていた。

犯罪者になって身内に迷惑をかけたり、職を失ったりするのは御免《ごめん》だと思う心の裏で、どうにでもなれと思う気持ちが確かにある。琉貴と自分自身に多くの制約を与え、表向き健全な交際を続けながらも、とんでもないことをしている自覚は常にあった。

——自分の息子が頻繁に出かけてることを、不審に思わないはずがない。

琉貴がこのマンションに来る時は、「料理教室の先生の家に行く」と居場所をきちんと告げてから来る約束になっているが、それが実際に守られているとは思えない。

最初の数回までは信じていたが、こう頻繁に年上の人の家に行くことを当たり前に許す親がいるとは思えないし、告げているならオーナーの徳澤英二の耳にも入り、なんらかのアクションを起こされるはずだ。

「あ……」

マンションのエントランスで鍵《かぎ》を取りだすと、ジーンズの中の携帯が震える。

電話の着信だとわかったが、特に誰からとは推測しなかった。

ただ、なんとなく悪い予感がした。

早く着替えないと風邪《かぜ》を引きそうな気温と湿度、薄暗い空色のせいかもしれない。

すべて思い過ごしで、琉貴が学校の休み時間に電話をかけてきただけならいい……彼の明るい声が聞きたいと切実に思ったが、表示されていたのは琉貴の叔父《おじ》の名だった。

「……はい、住之江《すみのえ》です」

話す前から胃痛を感じて、どうしても声のトーンが落ちてしまう。

写真集の撮影や、写真集用のエッセイや新作レシピの考案、テレビの収録で忙しかった英二とは、この一ヵ月間一度もプライベートで会っていなかった。

徳澤倶楽部《くらぶ》で何度か顔を合わせ、仕事の話を少ししたくらいで、特別なことといえば、贈答品の果物のお裾分《すそわ》けをしてもらったくらいだ。

その時も、もしや琉貴のことで何かいわれるのかと気が気でなかったが——今はもっとはっきりとした予感がある。

『休みのところごめん。今ちょっといいかな?』

「はい……」

英二の声も、普段より低かった。いいたくないことをいおうとしている空気を感じる。

『琉貴のことなんだけど……確認したいことがあるというか、僕の兄が今すぐスミ先生に会って話したいといって聞かないんだ。……止められなくて』

ああ本当に、来るべき時が来てしまった——そう思った。

一ヵ月も続いたことを奇跡のように感じる半面、短過ぎるとも思う。許されるものならこのまま続けていたかった。罪の意識と不安で潰《つぶ》れそうになり、胃が痛くて眠れない夜もあったけれど、それでもまだ終わらせたくない。

『僕が立ち会うから、会ってもらえるかな? 可能なら今日。もし琉貴が来る予定なら、断って時間を作ってほしい。心配しなくても酷《ひど》いことはいわせないから』

「——はい、すみません」

英二の口調は申し訳なさそうなもので、遥は心から恐縮する。

詳しいことを聞かされるまでもなく、何が起きているのか大方わかった。

琉貴の父親はなんらかの形で息子が同性の料理講師に夢中になっていると知り、まずは弟にそのことを問《と》い質《ただ》したのだろう。

英二は遥の雇用主であり、遥と同じゲイなのだからそうするのが自然な流れだ。

英二が琉貴と遥の関係を知っていたのか、実兄から問い詰められて初めて知ったのかはわからないが、彼が遥を庇《かば》おうとしたことは想像に難くなかった。

――早く、行動しないと。

英二との電話のやり取りは、途中からあまり記憶にない。

ただ、待ち合わせの時間と場所は憶《おぼ》えている。

午後五時に、徳澤グループ本社ビル内にある英二の自宅に行くことになっていた。

――まずは、琉貴くんに連絡を……。

エントランスの片隅で携帯の時刻を見ると、正午になる瞬間だった。

遥はメッセージアプリを立ち上げ、『お勉強お疲れ様です。ごめんなさい、代打で急に仕事に行くことになりました』と打つ。

すぐに『既読』の二文字がついた。ショックに打ちひしがれる猫のイラストと共に、『振り替えお願いします』と返ってくる。友達以上と取られるメッセージはやり取りしない約束になっているうえに、文章だと少々硬くなるのはお互い様だ。

遥は自宅デートの振り替えについては触れず、『改めて連絡します』とだけ返した。

次に連絡をする機会があるのかどうか、確信は持てない。琉貴の父親に会ったら琉貴と別れるよう命じられるのは、火を見るよりも明らかだった。


約束の時間より早めに徳澤グループの本社ビルに到着した遥は、地味なスーツに銀縁の伊達眼鏡《だてめがね》という恰好《かっこう》で重役専用エレベーターに乗る。

もちろん一度も乗ったことがなく、この先に待ち受けている運命を考えると、過呼吸を起こしそうなほど緊張した。

死して閻魔大王《えんまだいおう》の前に列を成すのは、きっとこんな気分だろう。

過去に犯したすべての罪を……それこそ忘れていたことまで暴かれ、突きつけられて、地獄に落ちろといわれそうだ。

——本当に悪いことなんて何もしてないと考えるのは、傲慢《ごうまん》なのかな。

ビルの屋上にヘリポートがあるため、英二の自宅は最上階より二つ下のフロアにある。

フロア全体が防音仕様になっていて、上にヘリが到着してもほとんどわからないくらい静かだと聞いたことがあった。

本社の中にあるとはいえ、人様の自宅を訪問する際に早く行くのは失礼だと思ったが、受付嬢に案内されるままエレベーターに乗ってしまった以上はどうにもならない。

結局十三分も前に着いてしまい、フロアで降りたあとになって足が迷った。

やはり引き返してロビーで待ち、時間を調整して出直すべきだと考える。

訪問マナーの問題だけではなく、決定的な瞬間からしばし逃れたい気持ちもあった。

「スミ先生」

閉じてしまったエレベーターの扉を再び開こうとすると、背後から英二の声がした。

呼び止められてボタンを押せなくなった遥は、恐る恐る振り返る。

エレベーターホールの正面にある大きな扉が英二の自宅の玄関らしく、開かれた空間の向こうにフローリングの床が見えた。

英二の足元には、きっちり揃《そろ》えられた革靴がある。

ビルの中にマンションの一室を置いたような不思議な空間だったが、ビル全体の意匠と合わせてあるので、さほど違和感はなかった。

「オーナー……申し訳ありません、少し早く着いてしまって」

「今から下に迎えにいって、事前にちょっと話そうと思ったんだけど」

英二はそういいながら玄関の外に出ようとしたが、背後から現れた人物に止められる。

「口裏を合わせるのはやめろ」と、その人はいった。

遥の位置からは扉が邪魔《じゃま》してよく見えなかったが、琉貴の父親だとすぐにわかる。声からして英二よりも年上で、地位が高く、自信に溢《あふ》れた壮年の男のイメージだ。

玄関に近づくとようやく顔が見え、遥はすぐさま一礼する。

声から受ける印象よりは若く、英二や琉貴と似ていた。

如何《いか》にも上質なスーツを着こなし、身長も英二と変わらない。

徳澤病院の院長のはずだが、何も知らなければ高級紳士服のモデルのようだ。

琉貴の父親は少し不機嫌そうな顔をしながらも冷静に名乗り、「休みのところいきなり呼びだして悪かったね」とまでいう。

さらに名刺を渡してきたので、遥もすぐに名刺を取りだして渡した。

顔を合わせるなり怒鳴《どな》られたり殴られたりする可能性もあると考えていた遥は、何より苦手な暴力的展開にならなかったことに胸を撫《な》で下ろしつつも、拍子抜けする余裕まではなかった。むしろ得体の知れない恐怖に襲われ、あらゆる内臓から悲鳴が上がる。

リビングはダンスホールのように広く、ブルーグレーの雨空が一望できた。

街も見えるが、小雨による霧でソフトフォーカスがかかっている。

座り心地がよいはずのソファーは、針の筵《むしろ》のようだった。

「事情は弟から聞いている。うちの息子が君の授業を執拗《しつよう》に覗《のぞ》いて、とても迷惑をかけたそうだな。わざと怪我《けが》をして君の気を引こうとしたそうだし。弟曰《いわ》く、ストーカー寸前のことをしていたとか。……親としては信じたくない話だったよ」

遥の正面に座った琉貴の父親――徳澤秀一《しゅういち》は、言葉通りのつらそうな顔で話す。

威圧的に別れを迫られると思っていた遥は戸惑い、返す言葉を失った。

口を開いて出てくるのは、「いえ……」や「そんなことは……」といった、曖昧《あいまい》な言葉ばかりになってしまう。

遥は困惑しながら斜め前に座る英二に目を向け、視線を合わせた。

中立の立場を示す位置に腰かけている彼は、遥に向かって少しだけ頷《うなず》く。

おそらく、「僕が兄に話したことを否定せず、琉貴のせいにして切り抜けろ」と、そういいたいのだろう。

実際に琉貴の所業は英二が伝えた通りであり、嘘《うそ》ではなかった。

英二は琉貴を可愛《かわい》がっているが、こういったことに関しては公平な人だ。

「マイノリティを否定するのはナンセンスだとわかっているが、それでも私には……男と男が寝るなんて行為は理解できないし、弟に続いて一人息子まで……と思うと死刑宣告を受けた気分になる」

「……はい」

「雇用者の甥《おい》に自傷行為までして迫られるのは、どう考えても相当なストレスだと思う。大変だっただろうし、親の監督が行き届かないばかりに多大な迷惑をかけて本当に申し訳なかったと思っている」

「いえ、そんな……」

秀一があまりにもはっきりと息子の非を認めて謝るので、遥はますます困惑し、同時に疑念を抱いてしまった。

これはある意味、交渉術の一つなのではないだろうか。

本来なら、「未成年の子供に手を出すとはなんてことだ。今すぐ別れろ！」と怒鳴れる立場でありながら、あえて低姿勢で謝罪をする。遥には、何をどのようにいわれても抵抗する気はなかったが、もしも「別れません！」と我を張るつもりでここに来たとしても、権威ある病院長にこんな態度を取られたら、牙《きば》を剝《む》けずに懐柔されてしまうだろう。

「最初は琉貴に押しきられた形だとは思うが、今現在……週に何回か琉貴を自宅に通し、メールや電話などのやり取りをして、交際しているということで間違いないかな？」

琉貴に押しきられた——という部分まで認めるべきか迷いながらも、遥は「はい」とだけ答えた。

この場で「押しきられたわけじゃなく、僕も好きになったからです」と語ることは、琉貴に対しては誠実であっても、決して得策ではない。同性間での気持ちの盛り上がりを見せてしまうと、それだけ秀一の心を傷つけ、怒らせることに繋《つな》がるだろう。

斜め前に座っている英二も、「それでいい」といいたげな目をしていた。

「本来こういうことを訊《き》くのは無粋だが、許してほしい。……肉体関係は？」

「──っ」

「兄さん、さすがにそういうことは」

「親として知っておきたいだけだ。あったからといって騒ぎ立てる気はないし、もちろん訴える気もない。ただ、琉貴のこれからのために知る必要がある。本当にゲイなのか……それとも住之江さんのことだけが好きなのか、それによって教育方針が変わるんだ」

実弟に対して話す時は口調がきつくなる秀一は、遥のほうを向き直る。

そしておもむろに、「眼鏡を外してみてくれないか？」といってきた。

何も答えずに眼鏡を外すと、正面から顔をまじまじと見られる。

「ありがとう。弟から聞いてはいたが、本当に綺麗な人だ。失礼だが、顔も体格も名前も女性に近いし……君が相手なら、琉貴は正真正銘《しょうしんしょうめい》のゲイではなく、女性を知らないだけに混同しているだけという可能性も考えられる」

「はい……そうかもしれません」

「優しそうで美人で、料理上手で、女性相手よりも話しやすくて……だから間違えているだけだとしたら、まだやり直せる。絶対に大丈夫だ。十五になったばかりだし、君と引き離して共学の寄宿学校にでも入れれば必ず戻れる。絶対に大丈夫だ」

遥は肉体関係について言及していなかったが、秀一は自分自身にいい聞かせて気持ちを奮い立たせるかのように、「絶対に大丈夫」と二度もいった。

意図的な交渉術も絡んでいるかもしれないが、彼自身本当にショックを受けて、そういった言葉で自分を励ます必要があるのだろう。

琉貴は遥にとって大切な宝物になっていたが、本来の所有者は秀一やその妻だ。現時点で自分は泥棒であり、たとえ宝石自ら転がってきたとしても、懐《ふところ》に収めることは許されない。所有者の束縛から完全に解放されるまで、宝を拾ってはいけないのだ。

「肉体関係はありません。友達以上のことはしない約束を交わしていました」

遥の言葉を聞いてから数秒後、秀一の両肩の位置が下がる。

上がっていた時は気づかなかったが、実はとても緊張していたのだとわかった。眉間《みけん》からも強張《こわば》りが取れ、ほんの一瞬だったが泣きそうな表情に見える。

これまでとは違うトーンで、「……ありがとう」といわれた。

「いえ、すみません……本当に、申し訳ないことをしてしまいました」

遥はソファーから立ち上がり、深々と頭を下げる。

こういった場面では土下座をして謝るべきかと事前に考えていたが、あれは無理を通すための押しつけがましいパフォーマンスとして取られることもあるため、この場の空気に相応《ふさわ》しくないと判断してやめた。

「スミ先生、もういいから座って」

遥に着席を促した英二は、遥が躊躇《ためら》いがちに座ると、「大丈夫だから」といって頷く。それから秀一に向かって、「兄さん、琉貴を本気で留学させるのか？」と確認した。

留学という単語に、遥の体は否応《いやおう》なく反応してしまう。

自分でも呆《あき》れるほど露骨に、びくっと拒絶的な震えが走った。

「住之江先生、今回のことで妻と話し合って、琉貴を寄宿学校に入れることにしました。ここで詳しい話をする気はないので、地球の裏側だとでも思ってもらえると助かります。妻は気丈なタイプですが、今回のことで相当なショックを受け……体調を崩して寝込んでいます。琉貴の行動を不審に思い、人を使って調べさせたのは妻なんですが、『開けてはならないパンドラの箱を開けてしまったみたい』と表現していました。貴方《あなた》に会うとヒステリックで嫌な女になりそうだといって、今回のことは私が任されました」

「申し訳ございません。本当に、なんといっていいか……」

「妻が何より避けたいのは、琉貴と衝突して親子関係に亀裂が入ることです。卑怯《ひきょう》だと思われるかもしれないが、我々は今回の件で琉貴に何かいう気はまったくありません」

「――え？」

「つまりこれはお願いなんですが、貴方に動いてほしいんです」

弟の英二に話す時とは逆に、遥に対する秀一の話しかたは徐々に丁寧《ていねい》になっていた。

これまでの会話は関係の確認が主だったが、今は頼み事の域に入っているのだと察した遥は、徳澤家から何を望まれているのかを理解する。

「大変失礼なのは承知のうえですが、引っ越しなどにかかる費用はすべて負担します。再就職に関しては料理関係に顔が利《き》く弟が責任を持ってお世話しますので、あくまでも貴方個人の意思として琉貴と別れて、絶対に会わない場所に移り住んでください」

「……仕事も、辞めろと仰《おっしゃ》るんですか？」

「無理なお願いをしているのは重々承知していますが、徳澤グループにいたらなんらかの形で琉貴に見つかる可能性が高いので、一旦《いったん》どこか関係のない所に行っていただきたい。それがこちらの望みです。琉貴は落ち込むでしょうが、私達は何も知らない振りをして、頃合いを見て留学を勧めます」

秀一はさらに、「琉貴の渡航後は、都内を歩けるようになるでしょう」といい、「重ね重ね失礼だが、慰謝料も用意します」「一両日中に動いていただきたい」といっていたが、言葉の多くはどこか遠くから聞こえた。

遥は頭の整理がつかなくなり、馬鹿《ばか》の一つ覚えのように「はい」と答え続ける。

琉貴の父親が、自分の父親の姿と重なって見える瞬間が何度かあった。

遥の父親は背が低く、秀一のように立派ではないが、しかし同じことに怯《おび》えている。

これまでの穏やかな親子関係を壊すのを恐れ、性癖という極めてセンシティブな問題に直面するのを避けたがっているのだ。

臭いものに蓋《ふた》をするどころか、追い払って何事もなかったことにしたがる秀一を狡《ずる》いと思う気持ちもあったが、寝込んでいる琉貴の母親のことを考えると賢明な判断に思えた。

なんの予兆もなく、まだ中学生の息子が十も年上の男に入れ込んでいると知り、相手の気を引くために自傷行為に及んだと聞いた時のショックは想像に難くない。

それだけでも十分過ぎるほどつらいのに、可愛い一人息子の反発を買って親子仲を悪くしようものなら、寝込むどころでは済まなくなってしまう。

《十四》

徳澤《とくざわ》グループ本社ビルにある英二《えいじ》の自宅を三人揃《そろ》って出たあと、秀一《しゅういち》は自分の車に乗り込み、遥《はるか》は英二の車に乗った。

送るといわれ、「独りで帰れますから」と一度は遠慮したものの、酷《ひど》く体調が悪くて駅まで歩く気力がなく、誘われるまま助手席に座っている。

「あり得ないくらい青い顔してる。大丈夫?」

「――はい……すみません。午前中に郵便局に行って、少し濡《ぬ》れて冷えたので」

「それもあるかもだけど、メンタルの問題が大きいだろ? こんな修羅場《しゅらば》を味わわせたくなかったのに、呼びだしたりして本当にごめん。ああでもしないと単身君の家に乗り込みそうな勢いだったから」

本降りの雨の中、英二は慎重に車を走らせる。

運転は上手《うま》いが、決してスピードを出したり無理な追い越しをしたりしない、安全第一主義者だ。運転によってその人本来の性格がわかるというが、そうだとしたら、非の打ち所がない性格といえるだろう。

「あれは修羅場というんでしょうか？　オーナーのおかげで穏やかに済みました」

「実をいうと先生の顔を見るまではキレ気味だったんだけどね。たぶん、スミ先生を見て納得したんだと思うよ。僕がいくら『琉貴《るき》が捨て身で無茶苦茶して強引に迫った』って説明しても、親としては信じたくないからね。相手のせいにしたくなるだろ？」

「僕のこと、庇《かば》ってくださってありがとうございます」

「そんなの当たり前だよ。兄も義姉も放任主義のわりに琉貴を溺愛《できあい》してるし、琉貴が悪い分にはショックを受けて大人しく寝込んでくれるけど、相手が悪いとなったら話は別だ。下手したら犯罪者扱いされて訴えられるところだよ」

「……すみません」

「どうして僕に相談してくれなかったんだ？」

多摩川《たまがわ》を渡る橋の手前で信号待ちをしながら、英二はハンドルを強く握り締める。

彼が滲《にじ》ませる怒りや悔しさを感じた遥は、本当のことをいうべきか迷った。

相談しなかった理由は、突き詰めれば一つだけだ。

「琉貴くんのこと、好きになってしまったからです」

「――ッ、スミ先生……」

迷った挙げ句に、いうと決めてもいないうちからいってしまった。

もう本人にはいえない分、吐きだしてしまいたい気持ちがあったのかもしれない。

「オーナーに相談したら反対されるのはわかっていましたから、話せませんでした」

背筋に走る悪寒や全身を襲う倦怠感《けんたい》に抗《あらが》った遥は、いつになくきっぱりという。

英二は驚愕《きょうがく》に目を見開き、心底信じられない様子を見せた。

瞬《まば》きもせずに、何度か首を横に振る。

「……なんで？　あんなことされて迫られて困って、仕方なくとかじゃないのか？」

「オーナー……信号変わりました」

信号が青になっても英二が車を走らせなかったため、目の前ががらんと空いていた。

後続車にクラクションを鳴らされると、彼は焦って左折する。

普段は決してこんなことはないので、動揺しているのは明らかだ。

遥には、今回の件で英二が自分を庇ってくれたという認識があったが、おそらく英二の中では遥に一切否がなく、庇うというより真実として遥を信じていたのかもしれない。

「琉貴が……先生のマンションに出入りしてるって聞いた時、俄《にわか》には信じられなかった。一線を越えてはいないって信じてたけど、それでも凄《すご》く不愉快で、仕事にかまけて気づかなかった自分に腹が立った」

「嫌な思いをさせてしまい、すみません」

「——琉貴にヤンデレ臭い迫りかたされて困ってる時に助けてやれなくて、悪かったと思ってる。放っておいたことは謝るから……頼むから、本当の気持ちを教えてくれ」

川沿いの土手を真《ま》っ直《す》ぐに走りながら、英二がごくりと喉《のど》を鳴らしたのがわかった。

フロントガラスに打ちつける雨が強くなり、英二はワイパーの速度を変える。

彼がどういう答えを求めているのか、遥は少し遅れて気づいた。

彼はおそらく、「本当は貴方《あなた》が好き」といわれたいのだ。

脈がある素振りは見せつつも決定的なことはいわず、動かなかった英二に業《ごう》を煮やし、その甥《おい》に迫られて困っているのに助けてもらえず、仕方なく甥と付き合った——そういう筋書きを望んでいるのかもしれない。

「僕の気持ちは、わかってたよね？」

三年近く秘密を共有する共犯者的関係を続けた末に、ようやく明確な言葉をもらう。

これが琉貴と出会う前だったら、きっと喜んでいただろう。

さほど熱くならなかったとしても、幸せだと感じたはずだ。

人となりはすでにわかっているので、その日のうちにセックスをして、体を繋《つな》げた安心感や快楽によって、ますます彼を好きになっていたかもしれない。

「——オーナーの気持ち、わかりませんでした」

「そんなことないだろ？　そりゃ、はっきりいったことはなかったけど」

「脈があるのかなって……思ったことは少しありましたけど、確信が持てませんでした。オーナーの好みのタイプは、小麦色の肌のアスリート系だと聞いていましたから」

「スミ先生はペドじゃないけど、琉貴を好きになったんだろ？」

「……ペドとか、やめてください。琉貴くんはそこまで幼くないです」

「ごめん……好みのタイプと本気で惚《ほ》れる人が一致するとは限らないってことだよ。僕は君と友人のような付き合いをしながら、なんていうか……こんないいかたは失礼だけど、嫁探《よめさが》しみたいな気持ちでいた。数ヵ月や半年で別れるような相手じゃない……一生一緒に過ごせるパートナーは君なんじゃないかって、三年間ずっと思ってた」

「オーナー……」

「誰だって結婚相手は慎重に考えるだろ？　見てくれがいいだけじゃ決められない」

君は僕に選ばれたんだよ――と、英二はそんないいかたはしないが、それと同じことをいっている。一般的に考えれば、ネコとしてこれ以上は考えられないくらいのシンデレラストーリーだ。

年齢は一回りも上だが、モデル並みのスタイルを持つ二枚目で、資産家で性格がよく、食の好みが合う。料理研究家として尊敬できて、一緒にいると楽しく、落ち着ける人だ。

「三年間も慎重に考えている時点で、それは本気とは違いますよね」

「スミ先生……」

土手を下りた車は住宅街を抜け、遥が住むマンションの敷地内に入る。

送ってもらう場合、英二はいつもエントランスに車を寄せるが、今日は違った。

雨が降りしきる中、エントランスから少し離れた外来者専用の駐車場に車を停《と》める。

その行為が、「部屋まで送る」という意味なのか、「ここで話そう」という意味なのかわからなかったが、遥は一層激しくなる悪寒に耐えながらシートベルトを外した。

エンジンは切られていないので、車内はまだ暖かい。

それなのに、異様に寒く感じて爪先《つまさき》の感覚がなかった。

今は六月だというのに、雪の中を歩き回った直後のようだ。

「スミ先生、琉貴に感化され過ぎてない？」

「そうかもしれません」

「十代の恋なんて、打ち上げ花火みたいなものだよ。派手で目を惹《ひ》くし印象に残るけど、呆気《あっけ》なく終わる」

「——貴方は線香花火ですか？」

「いや、あれも最初は華やかだけど最後は淋《さみ》しいものだから、普通の線香とかがいいな」

「……色気のない譬《たと》えですね」

「でもずっと変わらないっていいだろ？　最初から最後まで均一で、細く長く静かに君を好きでいる。同じように二本で寄り添って、仲よくやっていきたいんだ」

シートベルトを外した英二は、助手席側に手を伸ばしてくる。

左手で右手の甲に触れられ、抵抗せずにいると指を絡められた。

「オーナー……」

「琉貴と別れて、捜しても見つからない場所に引っ越してほしい。それくらいしないと、琉貴の気持ちを君から引き離せないという兄の意見に俺も同意してる。けど俺は……個人としても徳澤グループの代表としても、君を手放す気なんてない。琉貴が留学したら、すぐに俺の所に来てくれ」

恋人繋ぎにされた手を胸に引き寄せられ、どこか艶《つや》っぽい目で見つめられる。

車内に雨音が響いていた。打ちつける雨のおかげで、外からの視線も気にならない。

空の色まで含めて、抜群のシチュエーションだ。迫ってくる英二の顔も髪型も服装も、テレビ映《ば》えしそうなほど完璧《かんぺき》だった。ドラマのワンシーンを見ている気分になる。

視聴者に羨《うらや》ましがられるヒロインは自分のはずだが、遥の立場は果てしなく傍観者で、すべてが絵空事《えそらごと》に思えた。胸に迫るものが何もない。

「今のは……交際を申し込まれているということで、間違いないですか？」

「そうだよ。男女でいうなら、『結婚を前提にお付き合いしてください』ってところだ」

「――なんだかあまりにも勿体《もったい》ない話で、現実味がありません」

口から零《こぼ》れた言葉通り、本当に現実味がなかった。

英二のことは好きだし、彼となら上手くやっていける予感もある。

有名なアスリートやモデルなど、スペックの高い相手を選び放題な人に選んでもらえたことは素直に嬉《うれ》しく、何より、人となりを知ったうえで中身も含めて好んでくれるなら、こんなに理想的な話はない。真剣に交際を申し込んでくれている以上、英二ならきっと、浮気をせずに大切にしてくれる。

「……あ……っ」

手を握られたまま、彼にキスをされた。

考え事をしていて対応が遅れたが、直前に身を乗りだすモーションがあった。

キスをされるのがわかっていながら逃げずに、受け入れた――そう勘違いされてしまう気がして、驚きを見せたくなる。突然のことで、本意ではないのだと示したかった。

「ん……う……ぅ」

「――ッ、ン……」

大人びたキスをされ、否応《いやおう》なく舌を絡められる。

唇や舌が触れ合っても、嫌悪感はなかった。ただ、違和感はある。

頭の中に琉貴の顔が浮かんでいて、唇のイメージも確固たるものがあった。子供っぽい柔らかな唇の感触も、たった一度触れただけとは思えないほど記憶に残っている。

「は……ぅ、ん……」

「――ッ、ゥ……」

自分よりも大きな口、全身に伝わる重量感。硬めの唇が持つ弾力――大胆でありながら巧みなキスは、まさに大人の男のものだと感じられる。

半ば強引に奪われるのも、抱かれる側の遥には心地好《ここちよ》いものだった。

舌を掬《すく》い上《あ》げられても応じたりはしなかったが、かといって抵抗もしない。

本能的に英二を確かめ、自分の心を見極めようとした。この人が相手では駄目《だめ》なのか、それともいいのか、唇を合わせればわかることもある。

――違う……オーナーとなら上手くやれるけど、でも……！

いくらか抵抗を試みても無駄で、握られた手が動かせなくなった。

首ごと後ろに引こうにも、ヘッドレストに頭を押しつけられて逃げられない。

やはりこの人では駄目だと思うのに、キスはどんどん深くなり、息苦しくなっていく。

「――っ！」

「ウ、ァ……！」

遥が本気で抵抗した次の瞬間、突如大きな物音が響く。

フロントガラスが木端微塵《こっぱみじん》になり、白い塊が車内に飛び込んできた。

英二は低く呻《うめ》いて、苦痛に顔を歪《ゆが》ませる。

「オーナー……ッ、大丈夫ですか⁉」

一瞬でバラバラの粒と化したガラスを浴びた英二は、助手席に身を乗りだしたまま腕を押さえた。勢いのある雨が透かさず車内に降り注ぎ、革製のハンドルもシートも、英二のスラックスもジャケットも、瞬く間に水浸しになる。

「オーナー……いったい何がっ、大丈夫ですか⁉」

「俺は平気！　先生は⁉」

「大丈夫です、僕は何も……」

いったい何が起きたのかわからなかった遥は、狼狽《うろた》えながらも大急ぎで上着を脱ぐ。

一時凌《しの》ぎにしろ、とにかく水の浸入を防がなければと思い、広げた上着をフロントガラスの穴に寄せた。

そうしてどうにか雨を遮ると、何が車内に飛び込んできたのかわかる。

英二の靴の横に、白っぽいグレーのブロックの欠片《かけら》が転がっていた。

駐車場の車止めとしてよく使われるもので、本来の大きさの四分の一程度のものだ。

「誰がこんな……！」

打ち所が悪ければ命にかかわるものを投げ込まれた事実に、ぞわりとする。

走行中なら事故とも考えられるが、駐車場ではあり得ない。どう考えても故意だ。

「先生、外を見てくるから頭低くして、このクッション被《かぶ》ってガードしながら待ってて。雨が入り込むのは気にしなくていいから！」

高級外車の車内でキスシーンを繰り広げる人間に対する、悪質な嫌がらせか――という見方をした遥だったが、英二もまた同じことを考えた様子だった。

第二弾がある可能性を示唆した英二は、後部座席にあったクッションを引《ひ》っ摑《つか》んで遥に渡し、「危ないから気をつけて！」といい残してドアを開ける。

「オーナー、待ってください！　このまま警察に連絡したほうが……！」

こんな酷い雨の中、迂闊《うかつ》に外に出て性質《たち》の悪い人間に絡まれでもしたら――そう思って止めようとした遥の視界に、雨の中でも目立つ黄色が入り込む。

まるで危険を知らせるためにあるような、本当に鮮やかな色だった。

運転席から一歩踏みだした英二に、その色が迫ってくる。瞬きをする間もなかった。

「――ッ、グ……ゥ……！」

英二の肘《ひじ》が車のボディにぶつかる音がして、アスファルトを打つ雨音と重なる。

絞りだしたような呻《うめ》き声も、ほとんど聞こえなかった。ただ、車体の衝撃を通じて何か
起きたことだけはわかる。鮮やかな黄色が、英二の体と密着していた。

「琉貴……くん？」

まさかと思った。絶対に信じたくなかった。でも、開かれたドアの向こうに見えるのは
確かに琉貴のロングジャケットだ。助手席からでは顔が見えないが、間違いない。

琉貴は英二の体を車内に押し戻しかねない勢いでぶつかり、そのまま立《た》ち竦《すく》んでいる。

時間が止まったかのような、異様に長い一瞬だった。

「――琉……貴……」

「琉貴くん！」

英二の体の向こうにある黄色いジャケットが、赤く染まっていく。

琉貴が肘を引くと、英二が悲痛な声を上げた。

いつもスマートな姿勢を崩さない彼が、濁音ばかりの痛々しい声を上げる。

そうかと思うと、すぐさま抑え込むかのように息を詰めた。

「あ、ぁ……あ……！」

英二の体から離れた琉貴の手には、カッターナイフが握られていた。

それがカッターだと認識できたのは雨によって血が流れたあとで、最初は真っ赤な棒のように見えた。血塗《ちまみ》れの手もすぐに洗い流されたが、ジャケットの袖《そで》は血に染まったまま変わらない。

「オーナー……ッ！」

英二は腹を刺されたらしく、脇腹《わきばら》を押さえて前屈《まえかが》みになる。

遥の視界はドアの形の分しかなく、血と雨で正確なことは何もわからなかった。

転がるように助手席から飛びだすと、顔にバチバチと冷たい雨が当たる。

水の感触も冷感もリアルなものなのに、これもまた現実味がない。

恋愛ドラマからサスペンスドラマにチャンネルを替えたかのように思えて、どうか悪い夢でありますようにと願わずにはいられなかった。

テレビの前で転《うた》た寝《ね》しているだけなら、どんなによかっただろう。

「オーナー、琉貴くん……！」

ボンネット側から回り込んだ遥は、カッターを握ったまま硬直している琉貴と、開いたドアに縋《すが》ることで辛《かろ》うじて立っている英二の姿を見る。こんな時に何をいえばいいのか、まず何をするべきなのか、考えようとすればするほど動揺した。

「カ、カッター……渡して……お願い……」

遥はずぶ濡れで立ち尽くす琉貴に声をかけ、恐る恐る右腕に触れた。

手負いの獣のように震えた琉貴は、本当に硬直している。遥がカッターに触れても指を解《ほど》かず、取り上げるには力が必要だった。琉貴が意図的にカッターを渡さないようにしているわけではない。力を抜くに抜けないのだと、触れてみてわかった。

「……大丈夫、落ち着いて」

遥は自身にいい聞かせる意味でも、あえてゆっくりと丁寧に「大丈夫」と発音する。

その直後、英二に肘を摑まれて何かいわれた。

苦しそうな声だったのでなんといっているのか一度目は聞き取れなかったが、もう一度いわれた時には聞き取れる。彼は、「二人ともすぐに車に乗れ」といったのだ。

「オーナー……」

「スミ先生、琉貴を連れて後部座席に……っ、早く……！」

英二はシャワーを浴びたように濡れた前髪の間から、血走った目を向けてくる。

苦しそうだったが、自力で運転席に戻って携帯電話を取りだした。

無傷の自分が救急車を呼ばなければ——と遥が焦った時にはすでに遅く、英二は何やら話し始めているが、外からは聞こえない。

「琉貴くん……とにかく車に乗って！」

遥は後部座席のドアを開け、重たいマネキン人形のような琉貴をどうにか乗せる。膝《ひざ》の関節が曲がらない様子だったが、とにかく急いで無理やり押し込んだ。

今の琉貴は自分で奥に詰めるような気遣《きづか》いができる状態ではなかったので、遥はドアを閉めてから再び助手席側に戻り、後方のドアを開けて琉貴の隣に座る。

「――そう、琉貴に……カッターで腹を切られた。刺されたんじゃなく、切られただけ。深度まで達してないけど、縫合の必要性はありそうだから……兄さん来てよ」

英二が電話をした相手は一一九番ではなく、実兄の徳澤秀一だった。

救急車ほど早く来られるわけではないはずで、酷く心配になる。

しかし冷静に考えれば賢明な判断なのかもしれない。英二はかなりの有名人だ。甥に切りつけられたうえにゲイの痴情絡みだと騒がれたら、英二の立場だけではなく、琉貴や徳澤家の名前まで穢《けが》すことになってしまう。

「……スミ先生、心配かけてごめん。優秀な外科医が、すぐ来るから大丈夫」

琉貴にも英二の声は聞こえているはずだが、しかし琉貴は反応せず、真っ青な顔をして居竦まっている。血に染まったジャケットの右袖を見ながら、自分がしてしまったことを認識し、心底怯《おび》えているようだった。

「オーナー……本当に大丈夫なんですか？　血が、凄く出てます……救急車を呼ばなくて本当にいいんですか？」

「ああ、驚いたけど、傷は浅いから……ちょっと縫えば平気。琉貴にもそう伝えて」

英二はバックミラー越しにいうと、苦々しく笑う。

怪我《けが》をした自分より切りつけた琉貴のほうが大きなダメージを受けており、茫然自失《ぼうぜんじしつ》の状態であることを察したようだった。

「車、少し動かすよ」

遥が琉貴の背中を擦《さす》り、「大丈夫だからね」と繰り返し声をかけていると、英二が車を動かし始める。普段の彼の運転とは大違いに、何度も何度もハンドルを切って、雨が当たらず人目にもつかない駐輪場の陰に車を停めた。

フロントガラスの穴はさらに大きくなったが、もう雨は入らない。

しかし車内は酷い有り様で、ガラスの粒は後部座席にも大量に散らばっていた。

「琉貴……スミ先生は、無理やりキスされただけだからな」

「――ッ、オーナー……」

「それがわかってるから俺に向かってブロック投げたんだろうけど、一応いっておくよ。先生に抵抗されたのに、無理やり迫ったんだ」

英二の言葉に、琉貴はようやく反応した。

ギシギシと軋《きし》み音が立ちそうな動きで遥を見ると、右手を持ち上げ……しかし途中から左手に変えて唇を拭《ぬぐ》ってくる。手の甲や親指の付け根で、何度も拭われた。

「——っ、琉貴くん……」

その唇は俺のものだ——そういっている目だった。

人を傷つけたことにショックを受け、追い詰められた小鹿《こじか》のように怯えているくせに、所有権の主張はただただ激しい。唇や舌に英二の唾液《だえき》が一滴でも残るのが許せない様子の琉貴は、痛いほど何度も手を押しつけてきた。

「……琉貴、これで親と真っ向勝負だ。先生が責められないよう、上手くやれよ」

英二は助手席のダッシュボードからタオルを取りだし、腹部を圧迫する。

痛みに顔を顰《しか》めていたが、遥が身を乗りだそうとすると「大丈夫」といって制した。

徳澤秀一が助けにくるのを待つばかりという状態に、車内の空気が張り詰める。

エンジンはかけたままなのでエアコンは動いているものの、フロントガラスの約三分の一がなくなっているため、薄ら寒い。

英二はじっとしているとつらいらしく、車用のウェットティッシュを出したり、琉貴や遥にハンカチやティッシュの提供を求めたりと、忙《せわ》しなく動いて血を拭っていた。

「琉貴くん、オーナーに謝りなさい」

どうにか少し落ち着いてきた遥は、相変わらず居竦まる琉貴に向かっていった。

乗車中に人を目掛けて投石した挙げ句に、刃物で腹を切ったのだから、これは十分殺人未遂になり得る。相手や担当する医師が身内で、救急車すら呼ばずに揉《も》み消《け》してもらえるからといって、罰を受けずに済む話ではなかった。ましてや謝罪もろくにしないなんて、絶対にあり得ない。

「琉貴くん、自分が何をしたかわかってるよね？」

「……わかってるけど、人の恋人に手ぇ出すほうが悪い。だから謝らない」

「琉貴くん！」

英二の傷を心配している素振りだった琉貴は、遥の予想を裏切って謝罪を拒む。

歯を食い縛った表情は頑《かたく》なで、一度いいだしたら聞かない顔をしていた。

遥が背中や腕に触れて揺さぶると、ますますきつく唇を結ぶ。

「琉貴くん、意地を張らないで」

「スミ先生……もういいよ。今回のことは俺が悪いんだし、琉貴も内心では反省してると思うから。同じ過ちを繰り返さなければ……それでいいよ」

「オーナーは甘過ぎます！　あんな大きな石を本気で投げつけられたんですよ！　しかも

お腹《なか》を切られたんですよ、車だってこんなメチャクチャだし。貴方も琉貴くんの御両親も甘いと思います。いくら優秀でも可愛《かわい》くても、叱《しか》る時は叱らないと駄目です！」

「先生……落ち着いて。そりゃこっちに非がなければ叱るし、引っ叩《ぱた》くとかもするよ」

「確かにさっきのことは貴方が悪いし、すぐに抵抗しなかった僕も悪い。でも、だからといってやっていいことと悪いことがあるでしょう？　琉貴くんはもう十五歳ですよ、中学三年生です。赤ちゃんじゃないんですから、きちんと謝らせてください！」

激昂《げきこう》する遥は、自分の体内に信じられないほどの熱源を感じる。

熱くて熱くて頭が煮えてしまいそうで、寒いと思っていたのが嘘《うそ》のようだった。

自分の吐く息がやけに熱っぽく、関節が痛くて悲鳴を上げている。

瞼《まぶた》は焼けるようで、雨なのか汗なのかよくわからないものが背中を伝った。

妙な熱気と悪寒に侵されながら荒い息をついていると、琉貴がようやく口を開く。

「先生のいう通りだと俺も思うけど、でもここで謝ったら、自分の恋人に手を出されても許せる男みたいで嫌だ。キス一つでも、俺は万死に値すると思ってるから」

「……琉貴くん、それは違うよ。物事にはなんでも限度ってものがある」

「叔父さんには謝らないけど……罰は受けるよ。鑑別所や少年院に行かなくて済む分、ちゃんと罰は受ける。先生が決めて。俺がやったことに相応《ふさわ》しい罰を、先生が下して」

琉貴は両手でスラックスを握り締め、いつかのように神妙な顔をする。

交際を申し込んできた時と似ているが、今のほうが深刻だった。顔色は悪く、滑らかなはずの頬《ほお》に鳥肌が立っているのがわかる。唇の色は紫色を帯びていた。

「相応しい、罰……」

遥は血に染まった琉貴のジャケットの右袖を見ると同時に、その中が制服のままであることに気づく。遥から予定を変更された琉貴は、一旦《いったん》帰宅して、けれど一日会いたいとか何をしているか探《さぐ》りたいとか、おそらくそういった理由でここに来たのだろう。

制服のスラックスとシャツ、靴下も革靴もそのままでありながら、ジャケットは母親のいいつけ通り、雨の夜でも車から認識してもらえる色のものを着て出かけたのだ。

恋愛絡みでとんでもないことをしでかす子ではあるが、決して悪い子ではないと改めて思う。だから信じたい――このまま曲がることなく、一途《いちず》で誠実な男として羽ばたいて、自分の所に戻ってきてくれると、心から信じたい。

「十八歳になって、高校を卒業するまで会わない。連絡も一切取らない」

「――っ、先生……！」

「御両親と相談して、留学でもしてほしい。そのくらいしないと駄目そうだから」

琉貴がこの世の終わりのような顔をした直後、救急車のサイレンが聞こえてくる。

道路を走行中に耳にする、ピーポーピーポーという高い音が遠くから迫ってきて、マンションに近づくと数オクターブ下がった。敷地内に入る時点では無音になる。

「兄さん、救急車を出したのか」

英二の言葉は、「そこまでしなくても平気なのに」というニュアンスだったが、どこかほっとした表情に見えた。

降りしきる雨の中、救急車両は英二の車を探している。

赤色灯が点《つ》いた白い車体には、『徳澤病院』の名がくっきりと書かれていた。

徳澤秀一は、確実に英二を助け、なおかつあとあと騒ぎにならないよう、自分の病院が所有する救急車両を出動させたのだろう。

「ここにいるって知らせてきます」

「先生、俺がっ」

「琉貴くんはここにいて。シャツにも血がついてるし、誰かに見られたら困るから」

遥は助手席にあった自分の傘を取り、後部座席から外に出た。

「クラクション鳴らすからいいよ」と英二にいわれたが、目立たないのが一番だ。

傘を広げると、中に入り込んでいたガラス片がバラバラと転がり落ちる。

構わず差して救急車に向かって走り、あえて傘を高く持ちながら片手を上げた。

気づいた隊員に「こちらです！」と告げた途端、足元がぐにゃりと揺らぐ。

あれほど感じた熱っぽさが体の中から消えていて、異様なほどの冷えを感じた。

視界が靄《もや》で曇るのが、天候のせいなのか自分の体調のせいなのかわからなくなる。

「先生……！」

白い水の中にいるように揺らめいた空間に、琉貴の声が響いた。

救急車の白と赤と黒――そこに、鮮やかな黄色が割り込む。

それらすべてが見えなくなり、アスファルトが眼前に迫った瞬間、がしりと二本の腕に支えられた。遥の体の重みに負けて、一緒になってアルファルトに沈むような……そんな頼りない腕だけれど、おかげで痛い思いをせずに済んだ。

「先生、先生……大丈夫⁉　遥先生！」

「――琉貴、くん……」

紺色の傘が落ちて転がり、骨に挟まっていたガラスが跳ねる。

冷たい雨がシャワーのように降り注《そそ》いだが、琉貴の両腕でぎゅっと抱き留められると、とても温かく感じられた。まだ細くて、飛び込むのは躊躇《ためら》ってしまう腕――そのくせ誰の腕より心地が好くて、ここにいたいと強く思った。

《十五》

救急車両に医師が乗車することは珍しいが、徳澤《とくざわ》病院の院長である徳澤秀一《しゅういち》は、息子と弟の身を案じて現場にやってくると、自らが処置に当たった。

琉貴《るき》は高熱で倒れた遥《はるか》と共に救急車に乗り込んで、本来は霊柩車《れいきゅうしゃ》を通すためにある地下駐車場最奥《さいおう》の扉から、秘密裏に病院内に入った。

叔父《おじ》の英二《えいじ》は腹部を十六針も縫ったが、仕事があるからといって早々に帰宅している。

三十九度を超える熱を出した遥は入院することになったものの、解熱剤が効いて、今は落ち着いていた。容態次第で明日の朝には帰れるらしい。

——先生、ごめんね……。

個室で眠る遥の横に座っていた琉貴は、遥の手を握ろうとして伸ばした手を止める。

英二を刺してから、右手に痺《しび》れが残っていた。

英二は「刺されたわけじゃなく、浅く切られただけ」と、病院に来てからも説明していたが、刃の脆《もろ》さが原因でそうなっただけのことだった。琉貴は深く刺そうとしたのだ。

ただ、カッターの刃が折れそうで刺せず、咄嗟《とっさ》に横に引いたら浅くなった。

――まだ、手が震える……足も、時々カタカタ動く。

文房具のカッターナイフの刃が、人間の皮膚や肉を裂く感覚が忘れられない。驚くほど熱かった血が、ぬめって手指に纏《まと》わりついている。洗っても洗っても取れず、自分の手を別のものに取り換えたいくらいおぞましかった。

――もし、石が頭に当たってたら……もし、あれが包丁だったら……。

父親に初めて引っ叩《ぱた》かれた左頬《ひだりほお》がじんじんと痛んで腫《は》れ、熱を孕《はら》んでいる。耳の奥には、父親の怒鳴《どな》り声よりも印象的な、母親の涙声が刻み込まれていた。

普段通りの態度を取って、深刻になり過ぎるのを避けていたのは叔父だけだ。自分が如何《いか》に大変なことをしてしまったか、今はよくわかっている。

本来なら警察を呼ばれ、マスコミに騒がれ、学校を退学になり、表向きは少年Aとして扱われても、ネットで個人情報や写真を晒《さら》されていただろう。

叔父が有名人だけに騒ぎは大きくなり、面白味《おもしろみ》のある醜聞としてあることないことを書き立てられ、代々続く病院の評判はガタ落ちになる。

自分が料理教室の講師に執着していたことも、どこかから広まるかもしれない。

叔父と甥《おい》に取り合われた遥の性癖も好き勝手に書き散らされ、ネット上にある写真や、悪意ある知人から提供された写真が半永久的に晒される。

その傷は当人だけには止《とど》まらず、遥の親族にまで及ぶだろう。

回り回って、遥がより深く傷つくということだ。

激昂《げきこう》に身を任せればどのような結果を齎《もたら》すか、ほんの少し立ち止まって考えればわかることなのに、あの時は考えられなかった。

譬《たと》えるなら、ハエや蚊《か》を見て何も考えずに手が出てしまうようなものだ。

バシッと潰《つぶ》したあとになって、手に血がついたり壁に死骸《しがい》がへばりついたりして、ああ汚いな、馬鹿《ばか》だな、別のもっとスマートな方法があったのに……と悔やむのに、見つけた瞬間、邪魔者《じゃまもの》を排除しようと反射的に手が伸びる。

そんな調子で、自分はブロックの欠片《かけら》を拾い上げた。バッグの中の文房具を探《さぐ》り、刃を出して人を刺した。あとになって考えれば、震えるほど恐ろしい行為なのに――。

「琉貴くん……」

握ることができなかった遥の手が動き、亜麻色の瞳《ひとみ》が光る。

日付が変わろうとする静かな病室の中で、目覚めた遥と見つめ合った。

熱っぽい顔をしている遥は、目が潤んでいてとても綺麗《きれい》だ。唇は乾いているが、いつも以上に赤く色づいていた。頬も少し赤くて、薔薇《ばら》色の頬という表現が頭を過《よぎ》る。発熱によって苦しいだろうに、美しさは増すばかりだった。

「頬が、腫れてるね……大丈夫？」

「うん、父親に叩《たた》かれた。あと、怒鳴られた」

「さすがにペチンじゃ済まなかったんだね」

「うん、メチャクチャ痛かった」

「オーナーは、もっと痛かったんだよ」

「わかってる。自業自得だという気持ちは、今もあるけど」

やり過ぎたこと、何より自制が利《き》かなかったこと――それについては反省しているが、上手《うま》く言葉にできなかった。万死に値するといったのは嘘《うそ》ではないが、叔父に罰を与えることで遥が苦しむなら、それは間違った行いだ。

たとえ自分の気持ちのうえでは死刑でも、実際の報復は社会通念の範疇《はんちゅう》に抑えなければならない。それができない自分は、恋や愛を語る資格すらない子供だ。むしろ子供ですらなく、身勝手に自己の欲求を通すことしかできない赤子以下かもしれない。

「オーナー……もう大丈夫だって先生が仰《おっしゃ》ってたけど、今どうしてる？」

「仕事があるからって、タクシーで帰った。写真集の撮影が終わったあとでよかったとかいって、うちの父親に怒られてた」

「――なんで怒られるの？」

「写真集にセミヌード載《の》せることがバレて、『お前は料理研究家じゃないのか？』って」

「ああ、そういうこと」

遥はベッドに横になりながら少し笑うと、おもむろに手を伸ばしてきた。

痺れを超えて痙攣《けいれん》しそうな右手を、白い手で包まれる。

熱のせいもあってとても温かく、優しい手だった。

「……反省してる？」

問われると、瞼《まぶた》がじわりと熱くなる。

口では上手くいえそうになかった琉貴は、唇を引き結んだまま頷《うなず》いた。

叔父を殺してしまわなくて、本当によかったと思う。ハエや蚊を反射的に殺しても心は痛まないが、叔父は人間だ。遥にキスをした行為は絶対に許せないが、悪人ではないことくらいよくわかっている。

「ちゃんと、罰を受けるよ。留学して、三年間……先生と会わない」

「――うん」

「両親と、その話をした。先生とのことも話したよ」

琉貴は遥の口から留学という言葉が出た理由を、すでに知っていた。自分と会う予定をキャンセルした理由も、スーツ姿で叔父の車に乗っていた理由もわかっている。

「母親は、少し泣いてたけど……でも、『三年経《た》っても気持ちが変わらなかったら、その時はママが一番の理解者になる』って、そういってくれた」

「お母さん……そんなことを？」

「うん、まあ、今は理解ある立場を取って俺との衝突を避けて、先生と離して留学させて共学校に入れれば、どうせ女に目覚めるだろうっていう計算はたぶんあると思うし、俺の親としてはそれくらいしたたかでいいんだけど……でも先生のことを悪くいったりとかは一切なかった。叔父さんからも……兄さんは先生を呼びだしたけど、先生を貶《おとし》めるようなことはいわなかったって聞いてる。そのへんは感謝してるし、尊敬もしてる。いい親だと思ってるし、俺もそういうふうに、感情を制御できる大人になって帰ってきたい」

「琉貴くん……」

「──好き過ぎておかしなことしちゃうのも、それはそれで愛なんだって思ってた。でもそれは、凄《すご》く身勝手で愚かな考えだった。好きってだけで、愛ではないよね」

自らの行為を顧みると、自然と涙が溢《あふ》れてくる。

愛情表現は、相手に迷惑にならない範囲に抑えるべきだ。

そんな当たり前のことが、わかっているようでわかっていなかった自分が恥ずかしい。

幼児以下の言動で好きな人を困らせておきながら、拙《つたな》く未成熟な自分を好きになってと迫るのは厚かましい話だ。

「三年も離れ離れで、連絡も取らないなんてつらいけど、死にそうだけど、でも……今の俺を先生の目に晒しておくことのほうが、もっとつらい。恥ずかしくてたまらないんだ」

ぽろぽろと零《こぼ》れ落《お》ちる涙を拭《ぬぐ》うと、より強く右手を握られる。

三年の間に、遥を誰もいない所に閉じ込めておけるわけではなく——人間として出来た叔父や、他の男が近づく可能性はある。

それを考えると今すぐ無理心中でもなんでもしたいくらいだったが、遥と過ごす幸せな時間を一ヵ月で終わらせることなど耐えられない。

人生は長く、二人の間にはこれから先もっともっと楽しいことが待っているのだ。

遥を愛し、遥に愛される最高の時間を心置きなく満喫するために、今は耐えに耐えて、己の心身を磨くしかない。

「完璧《かんぺき》な男になって帰ってくるから、俺の恋人のまま、待ってて」

ようやく滑らかに動くようになった右手で、遥の手を握り返した。

すると負けじと力を籠《こ》められ、涙を溜《た》めた目で見つめられる。

「うん、待ってるよ」

そう答えながら笑った遥の目から、涙が零れた。

ああ……この人が好きだと思う。離れたくないと思う。こんな綺麗な涙を、誰にも見せないでほしい。誰かに笑いかけることも、誰かと目を合わせることも許したくない。

「先生、絶対、浮気しないで」

「それはこっちの台詞《せりふ》だよ」

遥はまたしても笑って、ゆっくりと身を起こす。

涙を手の甲で軽く拭うと、ひりつく頬に手を伸ばしてきた。

触れられると熱が高まり、痛いせいなのかときめきのせいなのか曖昧《あいまい》になる。

「琉貴くん、誰がなんといおうと、どう思っていようと、僕は君を信じるよ」

「先生……っ」

「誰と付き合っても、どうせそのうち終わると思ってたけど、初めて本気で人を信じる。だからどうか帰ってきて。綺麗な体のままで、僕の所に帰ってきて」

唇が迫ってくる。頬が熱くなったのは、やはりときめきのせいだと確信した。

遥が近づくだけで心臓の音がうるさくなって、口づけられた頬に火が点《つ》く。

つらくてつらくて、淋《さみ》しいけれど……心配で胸が潰れる時もあるかもしれないけれど、こんな自分を遥が信じて待っていてくれるなら、どんなことでもできると思った。

《十六》

琉貴《るき》がどうしても連絡したい誘惑に駆られた際に、その気になればできてしまう状況を防ぐため、遥《はるか》は琉貴の渡航後すぐに引っ越しを済ませた。

雇用主の徳澤英二《とくざわえいじ》に引き止められながらも、徳澤グループを退職し、携帯も解約して、新しい住所や連絡先は家族と一部の友人にしか教えていない。

一日分の入院費だけは甘える形になってしまったが、引っ越し費用も慰謝料も、就職の世話もすべて辞退して、何もかも自分で済ませた。

その分なのか、わずか三年半勤めただけにもかかわらず退職金が異様に多かったので、可愛《かわい》げのない行為だと自覚しつつも、ケジメをつけたくて全額返した。

遥は幼い頃から強い自己主張を控えて穏やかに生きてきたため、ここまでの意地や行動力が自分にあるとは思っていなかった。それでも意志は固く、琉貴に関するものと完全に縁を切って、自立した状態で三年待ってみたかったのだ。

世間一般の常識でいえば、本気で信じきるのは愚かに思える十五歳の少年の恋と約束、そして自分自身の気持ち。それらを信じたうえで、一世一代の賭《か》けをしている。

琉貴が本当に綺麗《きれい》な体のまま帰ってきてくれたら、何もかも彼に捧《ささ》げたい。

心も体も、永遠の約束も琉貴の望むまま、彼のものになる覚悟を決めていた。

もしも駄目だった場合のことは考えたくないが、琉貴か自分のどちらか、或《ある》いは両方が心変わりした時は、もう二度と恋だの愛だのといった不確定要素が多いものを信じないと決めている。

「あ……オーナーと日之宮《ひのみや》先生。いらしてたんですか。また偽名で予約しましたね？」

「こんばんはー、あーそんな迷惑《めいわく》そうな顔しないでよ。相変わらず綺麗なスミ先生の顔を見にきたわけじゃないんだよ。あくまで料理が目当て」

「先生はやめてください。今は店長です」

「ジュールのいう通り、純粋に店長の料理が食べたくて来てるんだよ。これは本当」

「はい……ありがとうございます。あ、べつに迷惑そうな顔なんてしてませんからね」

遥は勤め先にやってきた徳澤英二と、徳澤倶楽部《くらぶ》の人気ナンバー2講師である日之宮ジュールの姿に、若干ひくつきながら料理を出す。

自身が考案した自家製ブランパンを使ったオープンサンドと、ロールキャベツとチーズグリル。乳酸発酵させた本格的なキャベツの酢漬け、ザワークラウト。そして店の自慢の特製ドイツソーセージの盛り合わせをテーブルに並べた。

「ああ、これこれ。美人店長が丁寧《ていねい》に仕込んだ肉汁たっぷりのロールキャベツが食べたかったんだ。前回頼んだ若鶏《わかどり》のグーラッシュも旨《うま》かったんで迷ったけど。あとはやっぱりソーセージ。ほんと、ビールが飲みたくなる」

「飲めばいいじゃないですか。ここのビール旨いですよ」

「烏龍茶《ウーロンちゃ》でいいよ。だいたい俺が飲んだら誰が運転するんだよ」

「あ、そうでした。烏龍茶飲んでてください。僕はビールの飲み比べします」

「――オーナー、相変わらずですね……日之宮先生も」

プライベートモードで「俺」喋《しゃべ》りになっている英二を見て、遥はくすっと笑う。

事件にならなかった事件から三年が経過して、遥は現在、町田《まちだ》市で暮らしていた。

再就職先についてはよくよく考え、料理教室の講師ではなく一料理人として自ら作ったものを客に振る舞う道を選んだ。肉料理が中心のドイツ料理専門店に勤め、規模が小さい分、新メニューを考案する機会や、客と直接接する機会に恵まれた三年間だった。

雇われ店長まで上り詰めたのは、琉貴が十八歳になったこの四月のことだ。

二子玉川《ふたこたまがわ》駅から町田駅まで約四十分とはいえ、英二らには見つからないだろうと思っていたのだが――ドイツ人オーナーの意向で店のサイトに店長として写真と名前を掲載することになり、少々変装したにもかかわらずあっさり見つかってしまった。

「そんなに心配そうにしなくても大丈夫だよ。彼氏にはいわないから」

「――彼、今月には卒業でしょう？　むしろ居場所を伝えてもらわないと困るので、そのことはもういいんです。ネットに顔写真が出るのも、『あと二ヵ月ならいいか……』って思いがあったのも事実ですし」

「うん、もちろんわかってるよ。帰国したらすぐ伝えるから安心して」

「スミ先生の彼氏ってどんな人だろ？　いいなー、ほんとは僕がなるはずだったのに」

「違うだろ。お前かなり嫌がられてたよ」

「違いませんよ。嫌よ嫌よも好きのうちっていうじゃないですか」

「うわぁ、その考えかたやばいって。嫌なものは嫌なんだよ」

遥は役に立たなかった変装用の眼鏡《めがね》越しに、英二と日之宮のやり取りに苦笑する。

二人ともテレビに出ている人気料理研究家なので、来店時は常に帽子や眼鏡で変装し、個室の中でも眼鏡は外さずにいた。三人揃《そろ》って伊達《だて》眼鏡という妙な状況だ。

英二は日之宮の前で琉貴の名をはっきりとは出さないものの、どうやら日之宮は琉貴と遥のことを概《おおむ》ね察しているらしい。

彼は英二の教え子なので、遊び好きでプロとして至らない点がありながらも、他の講師よりも可愛がられ、英二が公表していない性癖についても知っていた。

徳澤倶楽部の人気ナンバー2講師ということは、多忙で授業回数が少ない英二を除けばナンバー1に当たるため、その優遇ぶりには大人の事情もあるのだろう。

「スミ先生が恐れてるのは、俺とこうして会ってることで浮気を疑われることだろ？」

「はい、まあ……」

「俺だって君の彼氏の嫉妬《しっと》は怖いからね、一人では絶対来ないよ。だからこうして派手なお友達を連れてきてるわけ」

英二は声を潜めつつ、目の前の日之宮を露骨に指差す。

確かに日之宮が同伴していれば、いざという時に「恋人と一緒だ」と弁解しやすい。

琉貴がそれを信じるかどうかはさておき、ブロンズ色に焼けた肌とスポーツマンらしい体格、整った顔を持つ日之宮は、ビジュアルだけなら英二の好みそのものだった。

英二はアスリートタイプのストイックで真面目《まじめ》な男が好きらしいので、あくまでも見た目だけの話だが――。

「オーナー、それなら僕じゃなくて色白の美人系を連れてくるべきじゃないですか？」

「え、嫌だよ。相手がその気になったら困るじゃん」

「うわ、さすが男前……僕もそういうこといってみたいです」

「しょっちゅういってるだろ」

けらけらとよく笑う二人に釣られつつ、遥は個室を出て一旦厨房《いったんちゅうぼう》に戻った。

　英二の来店に気づいた瞬間、迷惑そうな顔をしたと取られてしまったようだが、実際は強張《こわば》っただけだ。酷《ひど》く緊張して、否応《いやおう》なく顔に出てしまった。

　次に英二が来店した時に、「琉貴が帰ってきたよ」といわれるのではないかと思い――密《ひそ》かに彼の来店を待っていただけに、拍子抜けしたような安堵《あんど》したような、なんともいえない気持ちになる。

　米国に留学した琉貴は今月卒業する予定で、この四月に十八歳になった。

　遥が下した罰を受け、自由の身になって帰国するということだ。

　それでもまだ親の庇護《ひご》下にある未成年には違いなく、これから大学に行くだろう。

　医学部なら最低六年間、高い学費を親に出してもらう立場だ。

　三年前に琉貴の母親が口にした、「三年経《た》っても気持ちが変わらなかったら、その時はママが一番の理解者になる」という言葉通りになるかどうかはわからないし、そういった環境的な不安はもちろん、本当に琉貴が心変わりしていないかどうか――それが一番気になっている。

　もちろん信じているけれど、もしかしたらと不安になる日だってある。

　何しろ三年間まったく連絡を取らずにいたので、琉貴の気持ちを知る術《すべ》はない。

十五歳から十八歳までの間に、異性に目覚めて気が変わったと考えるほうが現実的だ。日本に残した十も年上の男のことなどどうでもよくなり、あの恋は彼にとって忘れたい黒歴史になり下がっている可能性もある。

グラマラスなアメリカの女子高生と交際して、セックスも経験してすっかり大人びて、自分の知らない琉貴になってはいないだろうか。叔父の英二から聞かされる遥の連絡先に興味を持たず、「もういい」と遮ったり、不快げな顔をしたり……そんな悲しいことにはならないだろうか。

――やだな、六月に入ってから悪い展開を考える日が増えてる。

遥は最も無心になれる厨房に立ち、他のスタッフに気づかれないよう溜《た》め息《いき》をつく。

この三年間、自分でも不思議なくらい琉貴のことを信じていた。

彼が平均的な少年だったらもっと不安になったかもしれないが、琉貴ならきっと奇跡を起こしてくれると思えたのだ。

それなのに、帰ってくる月になった途端にありがちなパターンを想像して――おそらく無意識に、自分自身の心に万が一の場合の覚悟を促している。

――悪いことなんて考えちゃ駄目《だめ》だ。そんな覚悟は要《い》らない。諦《あきら》めるとか身を引くとか考えないで、まずは琉貴くんが無事に帰国することと……真っ先に僕に会いにきてくれることを信じよう。再会したら何を話すかとか、二人で何をするかとか、楽しいことだけを考えるんだ。僕はずっと、その日を待っていたんだから。

琉貴が三年の間にどんなふうに成長しているかを想像して、初めて肌を合わせる瞬間を幾夜も夢見た。

可愛くても男の子らしい美少年が、青年に近づいていく様をスローモーションのように思い浮かべて、恰好《かっこう》よく育ちきった琉貴に抱かれた。

これまでは夢や妄想だったが、それが現実になる時が迫っているのだ。

くよくよとつまらないことを考えている場合ではない。

「店長、個室のトクナガ様がお呼びです」

ホールスタッフに呼ばれて厨房を出た遥は、背筋を正して個室に向かった。

徳澤英二と日之宮ジュールは、帰り際になるとこうして遥を呼んで、料理の感想を直接いったり支払いをしたりする。

琉貴のことを信じていないと取られるのは絶対に嫌だった遥は、不安を微塵《みじん》も見せない表情を作り、「失礼します」といって仕切りのカーテンを開けた。

「スミ先生……いや、店長……今夜の料理も美味《おい》しかったよ」

「オーナー、ありがとうございます。……日之宮先生は?」

「ちょっと外してもらった。すぐ戻ってくるけどね」

英二はそういって笑うと、「本気で琉貴を待ってるの？」と訊《き》いてくる。

いきなりの質問に英二の真意がわからず戸惑った遥は、「本気です」と即答した。

英二の真意がどうであれ、自分が答えることは一つだ。職を変え、住む場所まで変えて心のままに生きている今、嘘《うそ》も遠慮も必要ない。

「琉貴くんを信じて、本気で待っています」

「十五歳の子供の誓いをよく信じられるね。不安にならない？」

「もちろん、不安はありますよ」

「それでも信じてるんだ？」

「はい、信じています。愚かだと思いますか？」

「いや、愚かどころか眩《まぶ》しくて……それにかなり羨《うらや》ましい。君より一回り年上で、琉貴の倍以上も生きてるのに、そういう熱い恋愛に縁がないまま終わりそうだ。君こそが運命の人だと思ったのに、残念だよ。凄《すご》く悔しい」

「オーナー……」

「今日はこれで失礼するけど、何か困ったことがあったらいつでもいって。徳澤倶楽部に限らず、グループ全体でいつでも君を迎える用意があるから」

「ありがとうございます」

以前と変わらず頼もしい英二に微笑《ほほえ》みかけると、彼はじっと見つめ返してきて、どこか不自然なほど動きを止める。見惚《みと》れているとも取れる表情だったため、遥は反射的に目を逸《そ》らした。そういう空気や視線というのは、目を合わせるとわかるものだ。

「告白すると、スミ先生がこの店に勤めてること、だいぶ前から知ってたんだ」

「――え?」

「先生、勤め始めは髪を黒く染めてたよね? もちろん眼鏡もかけてたし」

「は、はい」

「それでも耳に入ってくるんだよ……それだけ綺麗だとどうしたって噂《うわさ》になるし。ただ、君が頑張《がんば》って隠れてるのに暴くわけにもいかないから。琉貴が帰ってくる時期が迫って、君がサイトに顔や名前を出した時点でようやく、『そろそろ会ってもいいのかな』って、勝手に判断させてもらったんだ。その通りだったみたいでよかった」

英二の言葉に、遥は言葉を失う。

本当に優しい、いい人だと思った。もし琉貴と出会っていなかったら、自分は彼と恋人同士になっていたのだろう。いつか彼がいっていた通り、線香のように均一で、平坦《へいたん》で、安定した愛情を育《はぐく》みながら暮らしていたかもしれない。

「この三年間を自分に与えられた最高のチャンスだと思って、攻めて攻めまくれば、何か変わったのかなとか、考えたりもするよ。琉貴が身内じゃなかったら、こんなにフェアにやらなかったかもしれない」

切なげにいってくる英二に対して、遥はやはり何もいえなかった。

三年の間に、肉体的に飢えた時も心が淋《さみ》しい時もあり、隙《すき》を突くように迫ってくる男もいた。もちろんすべて払《はら》い除《の》け、性欲は独りでどうにかしてきたけれど……もしも英二が本気で何度も迫ってきたら、過ちを犯す展開もあったのだろうか。

自分はどんな誘惑にも負けないと思うけれど、絶対に、絶対にあり得ないといい切れるものでもない。人間である以上、琉貴にも自分にも隙や脆《もろ》さは必ずある。

「オーナーがどんなに素敵でも、僕は琉貴くん一筋ですから」

遥は、あえてにっこりと笑っていう。

英二も自分も、そして琉貴も、それぞれが自分で決めた行動の末に今があり、もしあの時こうしていたらと考えることに意味はない。あくまでもフェアに生きた英二と、貞操を守った自分——お互いに、この三年間で示した己の性状を誇りに思えばいいのだ。

あとはただ、琉貴がどう生きたか、それを信じて結果を待つだけだった。

《十七》

徳澤英二《とくざわえいじ》と日之宮《ひのみや》ジュールが帰ったあと、店締めを終えた遥《はるか》は帰路に就いた。

夕方から降りだした雨のせいか、六月とは思えないほど気温が低い。

エアコンの室外機が並ぶ繁華街にいる間はむしむしと暑いくらいだったのに、大通りに出ると腕を擦《さす》りたくなった。それほど強い雨ではないが、三年前の梅雨《つゆ》を思いだす。

——琉貴《るき》くん……このまま七月になっても会えなかったらどうしようって……やっぱり考えちゃうよ。帰国したら早く来て。一日も早く……。

紺色の傘をパラパラと打つ雨を受けながら、遥は自宅マンションに戻る。

駅から五分という利便性の高さと、何よりセキュリティを重視して選んだ物件だ。

自意識過剰なつもりはないが、実際のところしつこく迫られたりストーカーめいた客につきまとわれたりと色々あったため、このマンションにしてよかったと思っている。

家賃は以前と変わらないのに、住み込みの管理人一家がいるところがお気に入りだ。

さすがに仕事帰りは管理人室の小窓が閉まっているが、いざとなったら声をかけられる人がすぐそばに住んでいると安心する。

遥がエントランスの扉を開け、ロビーインターフォンの前で鍵《かぎ》を出すと、背後で誰かが扉を開けて入ってきた。

住人が自動ドアのロックを解除したのを見計らい、まるで住人のような顔をしてマンション内に侵入する輩《やから》もいるので、『防犯上、ロックは必ず自分で解除しましょう』という張《は》り紙が貼ってある。他人が開けた自動ドアをそのまま利用する人間は、住人ではないと判断して声をかけるように、との説明が入居時にされていた。

――大きな影……やだな、なんか怖い。

振り返る前に、目の前のパネルに映るシルエットが見えた。

大柄な男に間違いなく、背中にぴりっと緊張が走る。傘を握る手にも力が入った。

こういう時は女性の気持ちがよくわかる。社会的なモラルが守られると信じて暮らしていても、自分が暴力に蹂躙《じゅうりん》される弱者側であることを本能が知っているのだ。

故に体格のよい見知らぬ男は恐ろしく、逆に、恋人や友人なら頼もしく思える。

「先生……！」

振り返った瞬間、男は声を上げた。

日本人には見えない、小麦色の肌と彫りの深い顔立ちの青年だ。

背がとても高く、手足が長い。十頭身はありそうな欧米人モデルの体型だった。

髪は黒く、眉《まゆ》は凜々《りり》しく、目鼻立ちがくっきりしている。真っ直《ます》ぐで綺麗《きれい》な鼻の下にはやたらと肉感的な唇があり、見ているだけでぞくぞくさせられる美男だ。

特に目が印象的で、囚《とら》われると逃げられない強さがある。

冴《さ》え冴《ざ》えとした白眼《しろめ》と、人の心を惹《ひ》きつける意志の強そうな黒い瞳《ひとみ》が、漆黒《しっこく》の睫毛《まつげ》に縁取られていた。

「先生、俺だよ」

体格が変わり、顔も声も変わっても、変わっていない何かがあった。

面影といってしまえばそれまでだが、もっと曖昧《あいまい》で、他人には真似《まね》できない何かだ。

今も変わらずに先生が好きだ——と強く訴えてくる表情、醸《かも》しだす空気は変わらない。

「琉貴、くん……」

愛情を感じ取れることがどれほど幸せなことか、三年ぶりに思い知って胸が震えた。

大波のように寄せられる、疑うべくもない恋心。溺《おぼ》れそうなほどの熱量。

信じていた通り、琉貴は変わらず戻ってきてくれた。

何も欠けずに、より完璧《かんぺき》になって帰ってきてくれた。

「琉貴くん……！」

握っていた傘から手を離した遥は、邪魔《じゃま》になったバッグも放りだす。

迫ってくる琉貴に負けない勢いで飛び込んで、頼もしい腕に包まれた。どんと思いきりぶつかっても、余裕で受け止めてもらえることが嬉《うれ》しい。帰ってきたのは琉貴なのに、自分が今ようやくここに帰ってきた心地だった。

ここ こそが安住の地だと感じるせいだ。

琉貴が大人になって落ち着いたとしても、十も歳《とし》が離れた未成年が相手では、穏やかなばかりでは済まないかもしれない。

環境や年齢の問題がクリアされても、事あるごとに何かしら問題が起きて、つらい目に遭う可能性はある。それでも——。

「——先生、ただいま。流罪《るざい》、終わりました」

「おかえりなさい……ずっと待ってたよ」

これから何が待ち受けているとしても、やはりここにいたいと思った。

この腕の中にずっといられるなら、三年待ったことなどなんとも思わない。

淋《さみ》しかった日々もつらかった日々も、すべてが懐《なつ》かしい思い出に変わっていく。

部屋のドアを開けるなり中に雪崩《なだ》れ込み、脱いだ靴を揃《そろ》えることさえしなかった。

無事に再会できたら話したいことがたくさんあったはずなのに、今は肌に触れることが最優先で、言葉は全部どこかに引っ込んでしまった。

新たにいいたい言葉が生まれてきて、「凄《すご》く背が伸びたんだね」「ますますカッコよくなったね」「セクシー過ぎるよ」と、いいたいけれど――それより何よりキスがしたい。

「ふ、ん……う……！」

「――ッ、ゥ……」

やたらと上手《うま》くなっていたら色々と考えてしまいそうだが、琉貴のキスは粗削りだ。

狭い廊下を壁伝いに進みながら、がっついたキスをしてくる。

男も女も飽きるほど抱いた――といっても嘘《うそ》臭くないほど性的魅力に溢《あふ》れているのに、呼吸の仕方もわかっていないような、本当にガツガツしたキスだった。

「は、ふ……う、ん……！」

「ウ、ゥ……ッ」

寝室のドアを後ろ手に開けた遥は、ジャケットを脱がされ、いきなり抱き上げられる。

これまで一度もお姫様抱っこなどされたことはなく、さすがに驚いたが、「うわっ」と声を上げることもできなかった。唇をみっちりと塞《ふさ》がれて、息をするのも一苦労だ。

――琉貴くんに、持ち上げられてる……凄い、軽々と……。

男として、そして年上として恥ずかしいなという気持ちと、琉貴の成長に対する喜びが入り混じる。

両親も叔父《おじ》も大きく、琉貴自身も手足だけは大きかったので、きっと見違えるほど背が伸びて、眩《まぶ》しいくらい恰好《かっこう》よくなって帰ってくるだろうと期待していたが、目の前にいる男はそれ以上の肉体を持っていた。また訊《き》きたいことが増える。「何かスポーツをやって体を鍛えたの？」と、あとで訊いてみたい。

「……あ、ま、待って……琉貴くん……」

両手でしっかりと抱き上げられていた遥は、ベッドに下ろされる前に琉貴の首にしがみつく。見た目以上に僧帽筋《そうぼうきん》が発達して、ぶ厚く逞《たくま》しい体に抱かれていると、立場が完全に逆転して、自分が子供になったような錯覚すら覚えた。

「先生、待てない。俺、待ち過ぎて頭おかしくなりそう」

「うん、僕も待てないんだけど……このままバスルームに連れていって。仕事のあとで、肉とスパイスの匂《にお》いが体中に染みついてて……」

「そんなの気にしないよ。シャワー浴びる時間も待てない」

「うん、わかってる。待たせるつもりなんてないよ……一緒に入ろう」

「先生……っ」

「いきなりお風呂《ふろ》エッチでも、いいよね？」

遥の問いに、琉貴は大きく頷《うなず》く。さらに三度も頷いて、すぐさま踵《きびす》を返した。

相変わらずな彼を、心から可愛《かわい》いと思う。

成長するために離れ離れになったが、あまり大人になられては困るのだ。

落ち着きは必要だとしても、やはり琉貴は琉貴のままがいい。

「先生、体……真っ白……凄い綺麗」

「琉貴くんこそ、綺麗な体でいてくれた？」

「当たり前だろ。先生以外とはキス一つしてない」

「嬉しい……」

脱衣所で忙《せわ》しなく相手の服を脱がせ、遥は琉貴の下着に初めて触れる。

すでに中心が昂《たかぶ》っているのがわかり、その膨《ふく》らみを目にするだけで喉《のど》が鳴った。

生身の男の性器など、三年以上も見ていない。すぐにでも見たくて触りたくて、視線を

あえて逸《そ》らすのがつらかった。見ると脱衣所でしゃぶりついてしまいそうなので、ぐっと

こらえて直視を避ける。

「先生……体、俺に洗わせて」

ドタバタと足音を立てながらバスルームに踏み込み、全裸で肌を重ね合った。

熱いシャワーを出して、ボディソープを掌《てのひら》に取って二人で分ける。

まずは唇を重ね、ろくに泡立ててもいない粘液を塗り合った。

「は、ふ……ぅ、ぅ……！」

「――ッ、ン……先生……」

滑らかに体のラインをなぞりながら、皮膚や筋肉、骨格を確かめる。

唇を崩しては舌を抜き差しし、シャワーとは無関係な熱を交わした。

密着している性器はどちらも奮い立って、互いの下腹部を圧迫している。

琉貴の性器は特に存在感が大きく、遥の中に入りたいと、激しく訴えていた。

最早《もはや》はち切れんばかりの状態で、貫かれることを考えると怖くなるほど硬くて熱い。

「……琉貴くんの……っ、大きくて……怖いくらい」

遥はボディソープ塗《まみ》れの手で琉貴の背中に触れ、そのまま腰を撫《な》でて臀部《でんぶ》に触れる。

昔は細く頼りなかった腰は重厚感を増し、ズクズクと突き上げられたらいったいどんなことになるか、想像するだけで腰が砕けそうだった。

「――先生、触って……誰にも触らせずに、ずっと……先生の手を想像してた」

「勿体《もったい》ない、ね……僕には、本当に……勿体ない話だよ」

琉貴と一緒に入ると狭く感じるバスルームの中で、遥は目を潤ませる。

嬉しくてたまらないのに、嘘のような夢のような出来事に涙腺《るいせん》が緩みかけた。昂る屹立《きつりつ》に初めて触れると、すでに限界に見えたものがメキメキと膨れ上がっていく。

「――ッ……先生……」

過去に交際した男と比べるような発言はできないが、こんなに立派な性器を持った男を遥は知らなかった。大柄な男が好みなので、皆それなりのものを誇っていたが、大きさも形も、硬さも角度も重量感も、どれをとっても比類ない性器が手の中にある。

琉貴の中にある八分の一の異国の血が、この三年間で限界まで引きだされたらしい。それは骨格や肉づき、彫りの深い顔立ちに関してもいえることで、琉貴の容姿は東洋人らしいものではなく、英語を話したら誰もが外国人だと信じて疑わないだろう。

特に性器は東洋人離れしていて、そのくせ硬度に関しては欧米人の柔らかなものとは違っていた。まさしく、いい所だけを取った完璧な雄だ。

「先生……あ、あんまり……動かさないで……擦《こす》られたら、すぐ達《い》きそう……っ」

「妄想したのは手だけ？　他には？」

「く、口で……してもらったり、とか……」

「妄想の中の僕は琉貴くんのこれをしゃぶって、それからどうしたの？」

「――ッ、ア……」

遥は琉貴の望み通り手を動かさずに、軽く包み込んだ状態のまま囁《ささや》いた。

ただでさえ上気していた琉貴の顔が、薄桃《うすもも》色のフィルターを一枚被《かぶ》せたようにほんのり染まり、立体感のある唇が開く。

シャワーの音に掻《か》き消《け》されそうな声で、「飲んでくれた」と、いいにくそうに呟《つぶや》いた。

「——琉貴くんの妄想は全部、現実になるよ」

遥は精液をまともに嚥下《えんか》した経験はなく、望まれても拒んできた。

口に出されるのはよくても、飲み干すのは嫌だったからだ。

それを強要したり、やけに強く希望したりする男が変態染みて見えたものだが、琉貴に望まれると叶《かな》えたくなる。むしろ初めて飲んでみたい衝動に突き動かされ、唇をチュッと軽く重ねてから膝《ひざ》を曲げた。

「……先生、けど……そんなこと、今されたら……っ」

「琉貴くん若いから、一度出してもすぐ復活しそう」

遥は湯を弾《はじ》くバスルームの床に両膝をついて、角度がつき過ぎている琉貴の性器を下に向ける。上目遣《うわめづか》いで琉貴と目を合わせたまま、張りだした亀頭《きとう》に唇を寄せた。

両手で臀部を鷲摑《わしづか》みにし、腰を引かせずに鈴口《すずぐち》をそっと舐《な》める。

「——ッ、ウ……」

琉貴の妄想を現実にすることは、自分の願望を叶えることでもあった。

成長した琉貴の体に触れたくて、こういうシチュエーションを何度妄想しただろう。

彼に色々なことをしてあげて、悦《よろこ》んでほしいと思っていた。

お互いに気持ちがよくなり、愛情を高めることを夢見て待っていたから、琉貴の性器を舐めることもしゃぶることも、一つ一つが夢を叶える行為になる。

「ん、く……ぅ、ふ……」

「──先生、待って……俺……っ」

見上げるとますます大きく見える体を見つめながら、遥は琉貴の雄を口腔《こうこう》に迎えた。

これまでイメージしていたのは、少年のままするりと背が伸びて、なんとなく大きく育った琉貴だったが、実物はもっとずっと魅力的だ。

性器に至っては過去の状態を知らないので比べようがないものの、この三年間で著しく成長したのは間違いなかった。

口角がひりつくほどの大きさが愛《いと》しくて、つい頑張《がんば》り過ぎてしまう。

「む、ぅ……ぐ……っ」

「……ッ、ン……ゥ……！」

すぐに達くことを避けようとした琉貴は、完全に腰が引けていた。

遥はそれを許さず、両手で掴んだ臀部をぐっと引き寄せて口淫《こういん》を深める。

口に出されたい気持ちも、飲みたいという欲求もあった。

自分はある程度色々なことを経験しているだけに、初めてのことを一つでも琉貴に捧《ささ》げたくなる。

「――ッ、ゥ……！」

引っ掴んだ尻肉《しりにく》が一瞬強張《こわば》り、喉の奥を熱いもので打たれた。

自分の行為で相手が射精することが、こんなに嬉しいと思ったことはない。

気をつけなければ息が詰まってむせてしまいそうな量も、勢いも、ただただ嬉しい。

「……ん、う、く……」

「――ッ、ゥ、ア……」

どろりと粘つくものを飲み干すと、すぐに第二陣がやってきた。

ゴクゴクと飲んでいかなければ間に合わないほどの量に、興奮が高まっていく。

今、口の中にあるものを体の奥深くに迎えたかった。この脈動を体内で感じて、逞しい腰で思いきり突き上げられたい。

「琉貴くん……っ」

管の中の残滓《ざんし》まで搾って吸い上げた遥は、琉貴の腰に触れながら立ち上がる。

口淫直後のキスを嫌う男もいるが、琉貴は自分から求めてきた。

まだ青い味の残る唇を舐め、舌まで入れてくる。

「は、ぅ……ふ……」

「——ッ……ハ……」

背の高い琉貴と口づけながら、遥は大きな手で尻臀《しりたぶら》を掴まれた。

互いに相手の双丘を揉《も》みしだくが、遥とは違い、琉貴は谷間に指を忍ばせてくる。

ボディソープの泡を纏《まと》った手で遥の窄《すぼ》まりを探り当てるなり、小さな孔《あな》の表面を何度も何度も撫《な》で解《ほぐ》した。

「ん、あ……ぁ！」

つぷりと指を挿入《そうにゅう》されると、たちまち膝の力が抜けていく。

条件反射で異物を拒む括約筋とは裏腹に、全身の筋肉や関節が弛緩《しかん》するようだった。

琉貴の体に縋《すが》らなければ立っていられなくなり、胸と胸を密着させて縋りつく。

「これが、先生の……お尻……っ」

「……ん、ぅ……ぁ……琉貴、くん……」

「先生に、飲んでもらったばかりなのに……また、すぐこんなに……」

琉貴は一度射精したとは思えないほど性器を昂らせ、腹に擦りつけてきた。

チュプチュプと卑猥《ひわい》な音を立てながら指を出し入れして、早くここに挿《い》れさせて……と無言で訴えてくる。指の動きは少しずつ性急になり、どれくらい解せば挿入できるのか、焦りながらも考えているのが伝わってきた。

「──もう少し……我慢して」

「先生……っ」

「琉貴くんの……早く欲しいけど、大きいから……無茶すると壊れそう」

遥は利き手を後ろに持っていき、琉貴の指をくわえ込んでいる後孔に触れる。

自らの孔に指を忍ばせ、解して拡張させるために動かした。セックスは久しぶりだが、こうしてシャワーを浴びながら弄《いじ》ることは間々あるので、次第に綻《ほころ》んでいく。

「先生のここ、凄く熱い……中、蠢《うごめ》いてる感じがする」

「うん、琉貴くんのが欲しくて……迎える気満々みたい。こんなに中が動くこと、普段はないんだよ。指を挿れても、もっと控えめな反応しかしないのに……」

遥は指をさらに一本増やし、琉貴のものと合わせて三本の指で解し続ける。

本当に内部の動きが激しく、最初に抵抗したのが嘘のようだった。

琉貴の指も自分の指も欲して、内向きに呑《の》み込んでいく。

「先生……俺、このましたい」

苦しそうに声を絞りだした琉貴は、遥の後孔《こうこう》から指を抜いた。

コンドームを着けずに挿入したいという彼の希望を察した遥は、こくりと頷く。

自分の指も抜き取り、琉貴に背中を向けてから腰を上げた。

どうにか性器を迎えられる状態になった後孔を、後ろに回した両手で見せつける。

双丘の肉を摑んで開き、ひくつく孔を、その内部まで見せる勢いで拡張した。

「先生……っ、凄い、中まで見えてる……」

「うん、こんなとこ……琉貴くんにしか見せないよ。僕の体、全部……もう君のだから、好きにして……生でそのまま挿れて、いっぱい……中に出して……っ」

「——っ、先生……！」

自分でも信じられないほど大胆になった遥は、あとになって襲ってくる羞恥《しゅうち》に耐えて、両手に力を込め続ける。

内臓まで見せているようで恥ずかしいうえに、性に貪欲《どんよく》過ぎると期待するイメージとのズレが生じて嫌われたり、経験豊富だと疑われたりするかと不安になったが、引くに引けなかった。

琉貴への愛情や渇望を自分なりに表現したい思いが強く、恥じらいを捨てて彼を求め、自分という人間を——肉体も欲望も全部、彼の前に晒《さら》したくなる。

「先生が全部、俺のもの……」

「うん、だから好きにして」

「俺も、先生のものだよ」

琉貴は二度目の絶頂をこらえながら、性器を摑んで寄せてきた。

遥が自ら拡張する後孔に、鈴口がぴたりと当たる。

それだけで脈動が伝わって、熱さも硬さも感じられた。

大きな肉の塊がゆっくりと動き、ぬるつく孔の表面を何度か行き来する。

引き伸ばされた細かな襞《ひだ》に当たりながら、尻の狭間《はざま》で上に下にと動き続けた。

最初は軽く、触れる程度に。やがて強く当てられ、恐る恐る……御機嫌《ごきげん》を窺《うかが》うようにノックして、果ては無遠慮に押し入ってくる。

「ふ、あ……あ、ぁ……！」

「──ッ、ゥ……ハ……ッ」

肉の孔は柔軟に拡《ひろ》がり、雄の形に張り詰めた。

遥は快楽による喘《あえ》ぎではなく苦しげな悲鳴を漏らしそうになり、咄嗟《とっさ》に声を殺す。

いくら指で弄っていたとはいえ、三年以上も男性器を迎えていない体に、琉貴のものは勝ち過ぎていた。

下手をすると裂傷を負い、まともに出血しそうな気がしたが、それでも「痛い」とも「待って」ともいいたくなくて、両手で尻を摑んだ体勢を保ち続ける。

「先生……っ、ここ、キツいし……凄い、痛そう」

「ん、ありがとう……ちょっと、痛いけど……平気……」

「無理、しないで……俺、したいけど……先生を傷つけたくない」

琉貴はわずか数ミリめり込ませた状態で、背中に覆《おお》い被《かぶ》さってきた。

耳元にキスをしながら、「大切にしたいんだ」と告げてくる。

「琉貴くん……」

人間の性格などそうそう変わるものではないが、彼は三年の間に、好きな相手のことを考えて己の欲求をセーブできるようになったのだと思うと、自分まで誇らしくなる。

琉貴を信じて、ずっと待っていただけだけれど……それでも誇らしい。

彼を自分の恋人として、力いっぱい世界中に自慢したい気分だった。

「大丈夫、だから……このまま、して」

「——けど……」

「正面からできなくて、ごめんね。でも、このほうが痛みも少なくて楽だから……最初はこうして、後ろから挿れて。ゆっくりしてくれれば大丈夫」

「本当に？　無理してない？」

「おあずけ食らうほうがつらいよ」

遥は腰を上げた体勢を崩さず、振り返って苦笑する。

本当に言葉通りだった。じんじんと疼《うず》く後孔の奥を、満たされたくてたまらない。

太腿《ふともも》の間に挟んで終わらせることも、もう一度口でして終わらせることも考えられず、ようやく迎えられる瞬間を一分一秒だって先延《さきの》ばしにしたくなかった。

「じゃあ、ゆっくり……頑張る」

「うん」

「力、抜いてて」

琉貴は遥の背中に張りついたまま、少しずつ腰を動かす。

しばらく停止していたおかげで遥の後孔は加圧に馴染《なじ》み、最も太い部分を呑み込んだ。

それさえ過ぎてしまえば痛みは一気に和らいで、快楽の道が広がっていく。

「ん、ん……っ、あ、ぁ……！」

「――ッ、ゥ……ァ……！」

琉貴に抱かれている悦びで、頭の中が桃色になりそうだった。

シャワーの音も足にかかる湯も関係なく、天上の極楽にいる心地になる。

こうして背を向けていると、背後に十五歳の琉貴がいるような気がした。十五でも十八でも、小柄でも長身でも、どちらでもいい。

琉貴であることに変わりはなく、錯覚するとあの頃の琉貴の願いをようやく叶えている気分になって、感極まってしまう。

「琉貴、く……ん、ぁ……あ、好き……っ、琉貴くん……」

「先生、俺も……先生が好き……俺のこと、ずっと、放さないで……！」

「う、ん……ぁ……入って、く……」

琉貴にはまだ、遥の一番いい所を上手く突く技術はなく、ただ慎重にゆっくりと挿れて前後するばかりだった。けれどもそれがいい。如何《いか》なる誘惑にも負けず、綺麗な体のまま帰ってきてくれたことが本当に嬉しくて、その拙《つたな》さにこそ感じてしまう。

「ふ、あぁ……っ、あ、ぁ……！」

「ハ、ゥ……ッ……ハ……」

琉貴は途中で腰を引き、滴る先走りの助けを借りて戻ってきた。

何度も繰り返すうちに繋《つな》がりは深くなり、奥に来れば来るほど互いの快感が極まる。

琉貴の両手で腰を摑まれた時にはもう、遥はバスルームの壁に縋っていた。

あまりに大きな体に突かれて、半歩も進めないほど追い詰められる。

「や、ま……待って……っ、あ、ぁ──ッ！」

「先生……ッ、ゥ、ア……！」

性器に触れられる前に絶頂を迎えた遥は、自ら放ったものに乳首を撫でられた。

床ではなく、腹や胸に向かって豪快に射精する様に、失ったはずの若さを感じる。

粘度の高い白濁は乳首を撫でたあともそこに留《とど》まり、さらなる快楽を与えてくれた。

「──あ、熱……っ、ぃ……」

「先生……っ」

「琉貴くんの、が……中、に……」

体内で同時に弾けた琉貴の雄から、熱いものを注《そそ》がれる。

ゴムを介さず直接出されたのは初めてで、おこがましいとは思いつつも、初物を琉貴に捧げた気分になれた。

これで本当に琉貴のものになったのだ。自分は本当にもう、彼のものなのだ。

その実感による幸福感は筆舌に尽くし難《がた》く、また涙が滲《にじ》んでくる。

「や、あ、ぁ……っ、駄目《だめ》……そこは……！」

琉貴は萎《な》えることを知らず、左手で遥の乳首に触れた。

さらに右手を股間《こかん》に回してきて、達したばかりの性器を摑んでくる。

「や、だ……駄目……っ、まだ、待って……」

「――待てないよ……ここと、ここは……痛くないでしょ?」

「ふああ、あっ、ぁ……や、また……達っちゃ、ぅ……」

「達ってよ……俺ばっかり、もう、二回も……!」

「や、駄目、感じ、過ぎちゃう……からっ」

「凄い、乳首もここも……先生の精液塗れで、チュルンチュルンになってるよ……」

琉貴は遥の乳首と性器を弄《まさぐ》りながら、おもむろに腰を引いた。

抜けていないにもかかわらずズプンッと音が立ち、その瞬間に琉貴の精液が遥の内壁に行き渡る。抽挿《ちゅうそう》が滑らかになることに、否応《いやおう》なく期待感が高まった。

「行くよ、先生……っ、覚悟してて」

「ひ、あぁ……あぁ――ッ!」

ズンッと奥まで貫かれ、遥は壁に縋って悲鳴を上げる。

最早《もはや》自分が達しているのかいないのかわからないほど、快感で意識が飛んだ。

初めてなのに生意気――といいたくなるくらい、琉貴は乳首と性器を捕らえながら最奥《さいおう》まで突いてくる。肉と肉が激しく擦れ合ってズチュズチュと鳴る音に重なり、随分《ずいぶん》と遠くからシャワーの音が聞こえてきた。

──意識……飛んじゃいそう……気絶、とか……初めて……。

ああ、これはまずい。本気で飛んでいってしまう──そう思い始めたところで、琉貴の両手が胸に回ってくる。

バスルームの壁に縋ることもできなくなった遥の体は、実に頼もしい両腕に掬《すく》われた。

しかし抽挿が止まるわけではなく、琉貴はぬめりに任せてさらに奥を突いてくる。

精液塗れの両乳首を刺激しながら、ズブズブと自身を刻みつけてきた。

「ひ、あぁ、ぁ……ん、ぅ……あぁ！」

「……先生、好きだよ……先生の、中……最高……！」

「ん、あ……琉貴、く……あ、ぁ──ッ！」

熱っぽく囁かれる、心からの言葉が嬉しい。

がむしゃらで、無我夢中という言葉がぴったりな動きが愛しい。

計算も何もなく、ただ夢中になってくれて……けれども決して乱暴ではなく、そこには確かに、相手を思いやる優しさと愛情があった。

《十八》

最初で最後の恋人、住之江《すみのえ》遥《はるか》が隣で眠っている——それを実感することをやめられなかった琉貴《るき》は、深夜になってもずっと起きていた。

バスルームで気絶してしまった遥を介抱し、中に出したものを指で掻《か》きだしたり、その流れで太腿《ふともも》の内側にキスマークをたくさんつけたり、勝手に口淫《こういん》をしたり着替えさせたり顔中にキスをしたり、好き放題やったことは秘密だ。

——先生……俺の恋人……。

並んで寝るには狭いシングルベッドで横顔を見つめていると、胸が急に締めつけられる感覚に襲われた。とても幸せなのに、手に入れた途端に失うのが怖くなる。

今も、怖いから眠れないのだ。

自分に抱かれて桃色《ももいろ》に染まりながら倒れた遥の姿が、あまりにも儚《はかな》げで……繰り広げた生々しい行為とは裏腹に、夢や幻のように消えてしまう気がする。

こうして起きてしっかり見張り続け、体の一部に触れていないと、実は天使だったとか幽霊だったとかいうオチをつけられ、スウッと消えていってしまいそうだ。

「——先生……俺、帰ってきたよ」

柔らかな頬《ほお》に指を当てて凹《へこ》ませると、薄闇《うすやみ》に艶《つや》の輪が浮き上がった。

遥の肌は相変わらず瑞々《みずみず》しく、弾力があってとても若い。まるで十代の肌だった。

元々の肌質に加え、肉食中心でアミノ酸や蛋白質《たんぱくしつ》の摂取量が多いからだろう。

ベジタリアンも肌が綺麗《きれい》だが、それとはまた違う美しさがある。

何もない美肌ではなく、ハリと艶に満ちた強い美肌だ。

「先生は綺麗だね……俺と一緒にいても、歳《とし》の差とか誰も気にしないよ」

琉貴は眠る遥の耳元に囁《ささや》きながら、心音を掌《てのひら》で感じていた。

とても健康的で、安心できる生きた音だ。

会えない間に、思わぬ病気に罹《かか》ったり怪我《けが》をしたりしていないかと心配だったので、心からほっとしている。

琉貴は留学した関係で大学に上がるまで何ヵ月もの間があり、しばらくは遥と半同棲《どうせい》の蜜月《みつげつ》を過ごしたいと思っているが、行く行くは徳澤《とくざわ》病院を継ぎ、誰よりもまず遥の健康を守りたいと考えていた。

糖質制限者は蛋白質の過剰摂取により肝臓に負担をかけることが多いため、若いうちも老いてからも、医者がそばにいれば心強いはずだ。

「先生、好きだよ。先生をずっと守るよ。これからの俺は……時々食べる甘いものとかじゃなくて、先生が毎日食べる肉になりたい」

琉貴がさらに囁くと、遥は睫毛《まつげ》を震わせる。

ようやく目を覚ましたらしく、ぼんやりした表情で琉貴を見つめた。

聞こえるか聞こえないか微妙な声を出す。

どうやら、「肉?」といったようだった。

「先生の命の糧……血肉になる存在。俺はそういうものになりたい」

「……うん。今の琉貴くんは、なんか肉っぽいし」

「肉食系?」

「うん、普通にしてると凄《すご》くキラキラ輝いてて、眩《まぶ》しくて……でもエッチの時はギラギラ滾《たぎ》ってる肉食系」

遥は寝惚《ねぼ》け眼《まなこ》を軽く擦《こす》り、ふわりと笑う。

ベッドの中で背中を丸めると、「ぬくぬくしたい」といって琉貴のほうに寄ってきた。

元々密着してしまうほど狭いベッドなのに、さらにくっついて背中に手を回してくる。

ぎゅっと抱きつかれ、片手では肩甲骨を、もう片方の手では腰を押さえられた。

ホールド感は強く、料理人だけあって華奢《きゃしゃ》なイメージを裏切る腕力だ。

「先生？」

「夢じゃなくてよかった」

しみじみと呟《つぶや》かれた遥の言葉に、琉貴の瞼《まぶた》は熱くなる。

炎に炙《あぶ》られ、じりじり焼かれるようだった。

この三年間、叔父《おじ》や他の男に遥を奪われるんじゃないかと不安で不安で、何度も日本に戻りそうになった。自力で容易に戻れない環境を与えられていなかったら、本当に戻ってしまったかもしれない。それくらい自制心は頼りにならなかった。

それでも遥を信じて……裏切らずに待っていてくれるとひたすら信じて——日々勉強に打ち込み、他の時間は、体を鍛えることと料理学校に通うことに注《そそ》ぎ込んだ。

夜は泣きそうなほど酷《ひど》い成長痛に耐えながらも、遥の写真を見て自分を慰め、そうして欲望に打ち勝ってきたのだ。暇な時間を一切作らず忙しく過ごすことで、三年という時を自分なりに早送りした。

「琉貴くん……泣いてるの？」

枕《まくら》に顔を半分埋《うず》めたまま、琉貴は頷《うなず》く。

過ぎてしまえば「大変だった」「つらかった」「淋《さみ》しかった」程度の愁訴で済むけれど、その時を生きていた瞬間の苦しみは思いだしたくもない。

今こうしているからこそ報われているけれど、結果が悪ければ経過はより酷い地獄《じごく》の日々に思えただろう。

「先生……遥さん……」

「——はい」

琉貴は泣き顔も涙声も隠さずに、遥の顔を真っ直《ます》ぐに見つめた。

お互いベッドに寝たままだが、行き交う視線は真剣だ。

唇が震えるけれど、それでも閉じたりはしない。

「親の臑齧《すねかじ》りじゃなくなったら、結婚してください」

もしかしたら笑われるかもしれない——そう思いつつ口にすると、遥は目を見開いた。

今現在、遥との関係をストレートに応援してくれているのは叔父の英二《えいじ》だけで、今夜も叔父から遥の住所を聞いた。

父親は無関心を装い、母親は不自然に触れないようにしているが、特に反対したり遥に会いにいくのを止めたりすることはなく、二人とも見て見ぬ振りをする気のようだ。

今はまだこのままでいいとしても、いずれ結婚しろだの跡取りが必要だのといってくる可能性はあり、万全な環境には程遠い。

ましてや自分はこれから受験する身で、自活するまで長い長い時間が必要になる。

そもそも男同士で結婚はできず、養子縁組によって徳澤姓を失うとなると親不孝の度が過ぎて、籍をどうこうするのは難しい。

つまり自分が口にする「結婚」は、心と体の契約でしかないのだ。

「今の状況で親を完全に納得させるのは難しいし、先の話になるけど、俺は医者としては両親の期待に応《こた》える。そうすることで理解を得て、先生を必ず守るから。幸せにするし、俺自身も幸せになるから——だから俺と結婚してください」

琉貴の求婚に、遥は驚き眼で「はい」と答える。

それほど間を置くことはなく答え、さらにもう一度「はい」と繰り返した。

「先生……」

「僕は疾《と》うに腹を括《くく》ってるから。自慢の彼氏を一生放さないよ」

遥は達観した笑みを見せ、抱きついたまま唇を寄せてくる。

最初に触れたのは額で、そのあと頬と唇にキスをされた。

「——琉貴くん、泣いてないで……もっとして」

大胆な囁きを耳にするや否や、琉貴の体はたちまち燃える。

瞼を熱くしている場合ではないのだ。泣いている場合でもない。

恋人——住之江遥は幻想的なほど美しい人だが、やはり肉食の人間だ。

艶やかに濡《ぬ》れた瞳《ひとみ》は期待に満ちて、快楽を求めて爛々《らんらん》と輝いている。

その瞳に見つめられるだけで、股間《こかん》のものが滾りだした。

労《いたわ》りたい気持ちは早くも吹き飛び、メチャクチャに抱きたくなる。

「また、気絶させちゃうかも」

「明日は定休日で、家にいられるから大丈夫」

遥は琉貴が着せた寝間着のボタンを外し、するりと肩を露《あら》わにする。

艶っぽい仕草で脱ぐと、ふっくらとした唇を寄せてきた。

「初めてのこと、いっぱいして……」

かつての清楚《せいそ》なイメージはどこへやら、腕の中にいる人はあまりにも艶冶《えんや》だ。

琉貴は甘い蜘蛛《くも》の巣《す》の罠《わな》で遥を捕らえたいと願ったことがあったが、最初から囚《とら》われていたのはこちらだったのだと思い知る。

「――先生、愛してるよ」

これからも放さずに、ずっと捕まえていてほしい。

そのために、価値のある男であり続けるから……永遠にキラキラと輝き続けて、貴方《あなた》を必ず幸せにするから――。

あとがき

こんにちは、犬飼《いぬかい》ののです。

本書をお手に取っていただき、ありがとうございました。

X文庫ホワイトハートさんでの十冊目の本ということで、同じレーベルで初めて二桁《けた》に到達できたことが嬉《うれ》しいです。応援してくださった皆様に心より御礼申し上げます。


本書、『甘美な毒に繋《つな》がれて』は、私にとって凄《すご》く珍しいカップリングの話です。

十五歳の小柄《こがら》な美少年攻め×二十五歳の美青年受けということで……これはプロットを提出しても無理だと思いつつ出してみたら、まさかのOKが出た時はびっくりでした。

出先でメールを受信しても俄《にわか》には信じられず、携帯が思うように使えなくて、あちこち探し歩いて公衆電話から編集部に電話をかけて確認したのをよく憶《おぼ》えています。

これまでに書いたメイン攻めの中でもっとも身長が低い人はおそらく一八五センチで、その時は日本人サラリーマンらしさを出すために超長身設定にするのは控えたのですが、今回一気に更新しました。

ちなみに、前出の作品のタイトルは『料理男子の愛情レシピ』です。料理教室に通って取材し、一般的な教室を舞台にじっくり書き込んでありますので、ご興味のある方は是非《ぜひ》お手に取ってください（偶然ですが、これも数少ない年下攻めです）。タイトルと表紙はほんわかですが、実はとてもシリアスだったりします。

話が逸《そ》れましたが、成長痛がつらくて悶《もだ》えたであろう琉貴《るき》少年が生まれたきっかけは、X文庫ホワイトハートさんで出していただいた遊郭《ゆうかく》ファンタジーBLにあります。

そちらの一巻目に当たる『愛煉《あいれん》の檻《おり》　紫乃太夫《しのだゆう》の初恋』の中に、受けが十六歳の時の物凄く可愛《かわい》い（そしてとても艶《つや》っぽい）挿絵《さしえ》が入っているのですが、デスクに飾って舐《な》めるように拝見しているうちに、「受けもいいけど、小山田《おやまだ》あみ先生の可愛くって色っぽい少年攻めとか凄い萌《も》える！　見てみたい！」という衝動に駆《か》られたのでした。

そして勝手に浮かび上がる琉貴少年。肌は日焼けしていて、ちょっとぶっきらぼうで、自信家で、眉《まゆ》はキリッと、ぽってり唇がセクシーで……と妄想は膨らみ、なかなか危険な少年が出来上がりましたが、個人的には愛《いと》しいキャラクターになりました。

受けの遥《はるか》は、儚《はかな》げな美人だけどリアルに肉食というあたりがわりと好きな設定なので、濡《ぬ》れ場で肉食感が出せていればよいなと思います。

残るは叔父《おじ》の英二《えいじ》ですが、甥《おい》っ子《こ》に甘いというか、寛容を通り越して大丈夫なのかと心配になるお人よしなので、よいパートナーに恵まれて幸せになってほしいです。

最後になりましたが、イメージ通りの琉貴少年を始め、素晴らしく魅力的なイラストを描いてくださった小山田あみ先生、本当にありがとうございました。

お手に取ってくださった読者様と、関係者の皆様に心より御礼申し上げます。

犬飼のの

＊本作品はフィクションであり、実在の個人・団体・事件などとは一切関係がありません。

『甘美な毒に繋がれて』、いかがでしたか？
犬飼《いぬかい》のの先生、イラストの小山田《おやまだ》あみ先生への、みなさまのお便りをお待ちしております。
犬飼のの先生のファンレターのあて先
〒112-8001　東京都文京区音羽2-12-21　講談社　文芸第三出版部「犬飼のの先生」係
小山田あみ先生のファンレターのあて先
〒112-8001　東京都文京区音羽2-12-21　講談社　文芸第三出版部「小山田あみ先生」係

N.D.C.913　280p　15cm

犬飼のの（いぬかい・のの）

4月6日生まれ。

東京都出身、神奈川県在住。

『ブライト・プリズン』『愛煉の檻』『暴君竜を飼いならせ』『薔薇の宿命』シリーズなど。

Twitter、blog更新中。

講談社X文庫

white heart

甘美《かんび》な毒《どく》に繋《つな》がれて

犬飼《いぬかい》のの

●

2016年2月3日　第1刷発行

定価はカバーに表示してあります。

発行者——鈴木　哲
発行所——株式会社　講談社
東京都文京区音羽2-12-21　〒112-8001
電話　編集　03-5395-3507
販売　03-5395-5817
業務　03-5395-3615

本文印刷—豊国印刷株式会社
製本———株式会社国宝社
カバー印刷—半七写真印刷工業株式会社
本文データ制作—講談社デジタル製作部
デザイン—山口　馨

ISBN978-4-06-286896-9

講談社X文庫ホワイトハート　犬飼ののの作品

ここは生け贄を育む美しき牢獄
隔絶された世界で生きる無垢な少年たちは、
過酷な愛に溺れてゆく——

犬飼のの
Illustration 彩

ブライト・プリズン
学園の美しき生け贄
BRIGHT PRISON

深い森に囲まれた全寮制の王鱗学園で暮らす十八歳の薔は、様々な特権が与えられるという神子候補の一人に選出されてしまう。神子を決める儀式とは男に身を任せることで、その相手は日頃から敵愾心を抱いている学園管理部隊の隊長・常盤だった。抵抗する薔に突如、常盤は意外な事実を明かし!?